一色一生

志村ふくみ

一 色 一 生

〔日〕志村福美 著

米悄 译　张逸雯 审校

上海人民出版社

一色一生·多色一生

大冈信[1]

我对志村福美女士的著作盼望已久，继去年的《志村福美作品集》（紫红社）之后，此次集结了志村女士的随笔和演讲录的《一色一生》终于出版，让人欣悦。因为从近十年前开始，一有机会，我就会对每个熟识的编辑竭力推荐志村女士的文字，并反复强调，最好是将从未在报刊杂志连载过的文章或口述笔录加以整理，以新书形式出版一本志村女士的回忆录。当然，请志村女士写回忆录显然为时过早，但为了勾起对方的好奇心及兴趣，我每每以此为由头，希望促成这件事。

当求龙堂告知我将要出版这部随笔集时，我才松了一口

---

1 大冈信（1931—2017）：日本"第二次战后派"的代表诗人、评论家。在世时为东京艺术
  大学名誉教授、曾担任日本笔会会长。——译注（本书注释若未作特殊说明，均视为译注。）

气。[1]那时我第一次意识到，自己在志村福美著作的出版构想上似乎下了不少力气。

本书开篇的《色彩、丝线与织物》由六封书简组成，是志村女士为岩波书店1980年至1982年出版的系列丛书"今日文化"的第一卷《语言与世界》所撰写。乍看之下，同卷收录的几位文字作者（大江健三郎、唐十郎、武满彻、谷川俊太郎）与志村女士似非同类，将文学家与染织家的随笔收录在一起，原本出自我执拗的坚持。当时，我肩负为该书在卷尾写一篇总论的职责，在与丛书的责编商谈时，我极力主张将志村福美的文章也编入该书。我认为，染织家从自然界汲取色彩，自在而又细致地将其呈现给世人，这一行为与诗人、作家渴望从语言被照亮的源泉中自由地呼吸，本质是相通的。编辑部最初大感意外，但也赞同我的主张，马上奔赴京都推动这件事。很快，《色彩、丝线与织物》一文寄到编辑部。这是一篇完全不负众望的力作，为此，编辑部对我大表感谢。

自1964年11月在东京的资生堂艺廊举办志村女士的首

1　本书最早由求龙堂于1982年在日本出版。——中文版校注

次个展以来，她在关东地区几乎所有的染织作品展我都参观过。也就是说，我在近二十年前就开始了与志村女士的神交。但直接来往，是应邀为她在 1976 年 10 月于东京举办的第四次个展撰文。当时，我第一次拜访了位于京都嵯峨的志村宅邸，有幸得见她的很多作品。随后，我以当时的感想为基础，衍成一篇小文。以下是其中一段。

志村女士披露了这次将要展出的和服作品，将它们一件件徐缓地挂上衣桁。每当挂好一件新作，我都感到自己的眼中闪现出某种惊愕。无论哪一件，都让我见识到从未见过的新鲜的色彩深度，带来极大的视觉冲击。这种经历一生中罕有。一旦遇到，没有任何一双眼睛不会感到惊愕。其原因不言自明，志村福美从自然界中抽取出的色彩之波，轻而易举地把我引向自然界的内部，引向一处极为精妙又无限协调的开阔之所。创作者从自然中萃取的东西，其来历的正统性变成一根引线，将观赏者带入自然宏大的内部空间，并获得解放。

无比细腻的色彩组合，带来了心灵与视觉的欢愉。在尽情享受这种欢愉的同时，创作者在作品中展现的雄劲、果断以及对所追求的事物怀抱的热忱又深深打动了我，让我自然地产生了如下感想：

> 志村福美从色彩诞生的源头出发，亲自探索和践行，使得她对色彩的来历了如指掌。毋庸置疑，这正是她了不起的地方。这与用现成颜料或涂料绘制画作，有着本质区别。她作品中的任何颜色，都是扎根于土壤而生长的真实生命的转世。换言之，志村福美的织物色彩，是由植物的生命晶化而来，而她自己也深谙这一点。

我在当时已经拜读过志村福美的随笔《一色一生》以及演讲稿《追寻丝线的音色》等文稿，更加深了我对这位染织家的敬意。这是一位思考型的艺术家，她永无止境地追求着自身体验的本质，对于如何正确地把握这种本质也充满热情。我好奇这一性格的养成，想要一探究竟。我在那篇文章的末尾这样写道：

> 志村女士踏上染织之路时已不算年轻。她是一位带

着两个幼儿的单身妈妈，为谋生所迫而走上染织这条路。然而，这样的开端从未妨碍她展现出耀眼的才华。但是不难想象，有一种底蕴——或可谓精神方面的遗产和嘱托——如一股潜热，贯穿于志村福美的事业中，这便是她的母亲和兄长带给她的影响。志村女士的母亲为了从医的丈夫而不得不中途放弃自己毕生热爱的织物创作；她的兄长小野元卫则拥有出众的资质和对艺术的满腔热情，在陶艺和绘画领域勇往直前，生命却陨落于二十九岁的盛年。他们对她的影响，其深度与高度，一直存于志村女士作品的底色中，令人心动。

在本文开头我曾经写过，很早以前，我就非常渴望拜读志村女士的回忆录。不言而喻，其最重要的理由就在上文中。

本书的第三部分亦很值得关注。《遇见母亲·遇见织机》以及《我的兄长》两篇文章，我有幸在出版前先睹为快。未曾料到关于她的身世经历，现实比之前模糊的想象和猜测更富戏剧性，令人称奇。而同时，我们也能从文章呈现的家族史中感受到强烈的必然性。似乎在这种必然性的引导下，一切该发生的都发生了。我最初撰写关于志村女士的文章时，文中那些只能称之为推测的描写，如今竟全部变成了事实，甚至可以说，我的那些文字都是基于真实的写作。

仅从针对母亲和兄长的两篇文章中，我们也能透过志村福美的艺术养成所具有的深阔的内在必然性，感受到她是"被选中的人"：在自我诞生之前，作为艺术家的志村福美就已起步。这么说看似夸张，但回想志村福美的织物那谦卑内敛的外表下火焰般炽热的情感，我才敢如此断言；回忆她的诗作中让人共鸣的神奇韧性，我才能写下这样的语句。读过志村福美近来的新文章《色彩、丝线与织物》，更强化了我的这一想法。

毕竟，在这本名为"一色一生"的书中，我们与一位染织家相遇，了然她的思想，领悟生命只有一次的真意。同时，通过对"一色一生"的凝视，我们能不可思议地从其深处，窥得"多色一生"的人生真相。

目录

I

色彩、丝线与织物

〔第一封信〕

水子：

在梭坊[1]订制的三十五厘米织布梭终于做好了，现在寄给你。愿这把长梭和松叶综框[2]，能织出你心念的织物。

近来，我心扰于染色中出现的问题，为追逐一种玄妙的色彩，无数次体会足底崩塌、越陷越深的挫败感。

前些天接到一个陌生来电，是一位家住大山崎山里的人打来的，他在电话中说："我家房前有一棵高大的老桤木，最近却因为道路的扩建被砍，非常可惜。不过我发现，伐木时

---

1 梭坊：销售织布梭子的商店。纺织时用来牵引纬纱的工具被称为梭子。——原注
2 松叶综框：做成松叶形状的一种综框。织制时，为做出纬纱通过的梭子路径，而将经纱上下分开的工具叫作综框。——原注

候的木屑撒在地上，将土地染得通红，像是从树中淌出鲜血，让人不忍卒睹。当时我想起您在某本书中曾写过，煮制树皮的汁液可以做染料，所以冒昧地向您报告这一现象。请教，这棵桤木可以用来染什么呢？"

对方话音未落，我已有些坐不住了，马上备车出了门。那里的山路被落叶掩埋，数不清的榛子落在地上，更让人举步维艰。行至坡路尽头，只见徐缓曲折的山路边上立着一棵巨大的树桩，看上去是新砍的，四周的土地已被染成了茶红色。几节粗大的树干倚在一边，断面中也渗出了红色。毫无疑问，经历了百余年岁月的古桤木储存了丰沛的汁液。如今突遭砍伐，截断面暴露在空气中，红色汁液便喷涌而出。

我们赶紧用剥皮刀剥下厚厚的树皮，眼看着表皮下裸露的雪白树干渐渐转红，旋即变为赤铜色，便迅速将剥下的树皮装入袋中。众人不敢迟疑片刻，急匆匆下了山，期待着尽快一睹桤木的色彩。

用大锅熬煮树皮，锅中的液体在加热的过程中转为透明的金茶色。当看到飞溅在地面上的茶红色粉末，我就认定它可以做染料。必须要染些什么才行。默默贮藏了数百年汁液的桤木正在召唤我。在滚热的清水中，它已释放出自身的全部色彩。

　　用布袋将染液过滤之后，我将纯白色的丝线浸在满满一锅金茶色中。丝线饱吸颜色后，要经过数次拍打使空气透进去，再浸入染液，使色彩彻底渗透，最后放入木灰水中媒染。这些工序都是为了着色和定色。丝线在木灰水里，从刚才的金茶色转为赤铜色，刚好就是洒落在地上的木屑颜色。不，有些许不同。那是梡木的精魂之色。我恍惚感到梡木复活了。

　　梡木在它漫长的生涯中，做过各种各样的梦，经受过风吹雨打，接纳过无数个清风送爽的五月，也倾听过栖息于身的小鸟鼓喉而歌。直到那一天，它遽然倒下，梡木的生命悄无声息地化为色彩，盈满全身。

　　色彩不只是单纯的颜色，它是草木的精魂。色彩背后，是一条从一而终的路，有一股气韵自那里蒸腾。

　　二十多年来，我取各种植物的花、果、叶、茎、根来染色。我渐渐意识到，自己从这些植物中获得的，已不是单纯的颜色，蕴于其背后的植物的生命，正通过色彩显露于我。那是植物用自己的身体在倾诉。如果我们没有可以接纳并展示它们的基体，颜色的生命就将陨落。

　　某天，我像漫游奇境的爱丽丝跌进兔子洞那样，坠入了植物背后的世界,窥探到一个神奇的国度。一扇门微微开启,透过一条细窄缝隙向里张望,只见初秋的森林深邃繁茂,秋叶染红的各种树木在明亮天光下闪动,于无声微风中摇曳。每一片树叶都被精心地染上颜色,其色泽的美妙非凡间所能拥有。后来,我却再也没有见过那片森林。

我想,只有在我内心纯净如水的时刻,在植物的生命与自己的生命合一的瞬间,那扇门才会向我再度开启,哪怕只是一道缝隙。而如果我不做准备,无论多么渴望染出植物的本色,那扇门都不会被叩开。

〔第二封信〕

水子:

那只梭子之所以好用,主要不在于投梭引纬,而是在于遇有接头时,能够帮助你的手指顺着你的心意活动。使用松叶综框可以将十片综框降至七片,这也说明工具实实在在地起到了作用。

你终于涉足花织[1]了。

我从新年后就埋头于染色，着了魔一般。一是我想用寒季之水做染液；二来，刚巧有位梅林主人二月份时送来了一卡车梅树枝。那树枝上已经结了不少硬实的蓓蕾，若养在室内，可能还会再长一些。细看，它们呈深红，是红梅的蓓蕾。

我折下一枝端量，发现断口处也呈红色。清润的红色带着一点酸香。成熟的梅子果肉中也会出现这样的颜色。看到断口处的这抹红色，我很想留住它，想要拥抱这数以千计、未及绽放就被切下的梅花蓓蕾。

我将白梅与红梅的枝条分开，装了满满一大锅，开始熬煮。红梅煮出来的汁液如梅子酒，呈琥珀色。白梅的则略浅一些。我将丝线浸入染液中，染出了带有青色底光的淡淡珊瑚色。

满满一卡车的梅树枝，一半以上都被我烧成了灰。一般而言，梅染用梅木灰、樱染用樱木灰做媒染剂是最理想的，无奈平时囿于现实条件，难以作此奢望。这次，我有幸得到

1　花织：冲绳提花织物工艺中的一种。面料通常以棉布、真丝为主，通过让纬纱浮于经纱底面的织法，表现凸起的花纹。

充足的梅木灰，用热水将其稀释，取上清液做木灰水，再把丝线浸入其中。梅在自身的灰汁里，看上去安适自在。接下来，丝线上的青色消隐，红色如透过和纸的光，幽微地映现出来。染出的珊瑚色宛如少女脸颊上的一抹腮红。我不由感到是梅的蓓蕾回到了梅树的母体，正温柔地绽放。

过去，樱染也曾给过我类似的体验。于细雪萧萧的小仓山山麓，我曾偶遇一位正在砍樱树的老人。我从他那里讨得樱枝，回去后立即熬煮浆染，染出了如桦樱般浅浅的樱色。

自那以后，我就一直惦念着樱染，却很少再遇到有人砍樱树。某次赶上九月的台风天，我听说滋贺县有大株的樱树将要被斫落，便喜出望外地赶去收。但遗憾的是，那时的樱已与三月的樱有云泥之别，得不到漂亮的色彩。

那时我才知道，为了盛开，樱花会将生命充盈于整个树体。一年之中，樱树竭力贮存，只为花期。

我在一无所知的情况下收获了樱花的生命，唯有让它在我的织物中绽放，才值得这一切。这是樱花交付于我的使命。

植物自有周期，一旦错失时机就失去了色彩，即便掌握着色一二，也非其精华。精气会随着花朵一同逝去，无论是娇艳的嫣红姹紫，还是灿烂的金黄，用花朵本身是染不出的。

曾有朋友收集了很多樱花瓣来染色，结果得到的是略带灰调的浅绿。若想染出樱色，唯有用树干。这一现象道出了色彩对自然周期的无言暗示。

以前，我也曾经试着将大红色的蔷薇花瓣倾入大锅中做染液。一加热，花瓣立刻流出浓浓的胭脂色汁液，接着转为淡红。我以为可以染成，结果染出来的颜色并无红意。

你想必知道，夏末的落花，花瓣浸着些许凉意，呈泛黄的玫瑰色。那种寂寥之色虽弃之可惜，却已失去了精气。或许，一朵花凋谢的征兆，就在它盛放时那鲜艳色泽的近旁。

正所谓花红柳绿，植物之绿与花朵之红堪为色彩的代表，但它们竟无法被直接染出来。色彩的真相就像是一个寓言，道出"色即是空"的本义。

植物生命的尖端，已然抚触到了俗世之外，也正因如此，它们才会那么美，甚至肃穆。

诺瓦利斯[1]曾这样写道：

1　诺瓦利斯（Novalis，1772—1801）：德国浪漫主义诗人、作家、哲学家。著有诗歌《夜之赞歌》《圣歌》等。

一切可见的，皆触摸着不可见。

一切可听的，皆触摸着不可听。

一切可感知的，皆触摸着不可感知。

或许，一切能够想象的，也都触摸着无法想象。

在可见事物的内部，或许藏有一片无法具象化、不可言状的领域。大海与苍穹之蓝，就属于这一圣域。倘若地球上最广袤的那片蓝与绿无法直接被染出，那么在大自然中一定暗藏着能够得到这种颜色的中介。

人类最早从名为蓝草的植物中发现了这种中介，几千年来一直培育并守护着它。蓝草正是植物染料中最曼妙复杂的一种，谓之神秘亦不为过。蓝草与其他的植物染料间有着根本的区别。几乎所有的植物都是用熬煮之后的染液进行染色，唯有蓝染，我们需要从专业的蓝师那里获取蓝靛原料（靛土），再以名为"发酵建"的古法来建蓝。

自古以来，蓝染就包含三项重要的工艺：建蓝、守瓮、染色，缺一不可。古时候，蓝染作坊中会供奉爱染明王，在向神灵的祈福中进行染色作业。因此，蓝染之色也以其深阔的精神性被推崇，因浸透了历史与风俗的沉淀而自成一格。

在印度、中国、日本、非洲国家乃及全世界，像蓝这样与人类有着深刻牵连、深入人心的颜色绝无仅有。特别在日本，没有一种颜色能比蓝染之色更贴合日本人的样貌与性格。蓝染在一段时期里惊人地发展，展现出深阔的内涵。

在大约二十年前，因受到人造蓝的冲击，天然蓝染曾经历过一段衰退期，但近年来，世人对蓝染的认识逐步加深，蓝染事业也渐渐被复兴。我也意识到必须亲自一试，于是从已经停产的蓝染坊那里分得几只染瓮，并于十年前借着搬家的机会，在京都现在的居所建了自己的蓝染坊，尝试亲自建蓝。尽管这前前后后，我经历了无数次失败。

以前，片野元彦[1]先生教我建蓝的时候曾说，建蓝与养育子女殊方同致，蓝直接体现出建蓝者的人格。他还说，蓝的生命存于清凉之中。在四国的吉野川流域做了一辈子蓝靛的佐藤一家，每到年末会分给我一年用量的靛土。像我这样初涉的外行所采取的"千虑一得"的建蓝方式，自古被叫作"逃出地狱"或"躲过枪击"，万次中有一次建蓝成功即可。经历

---

1 片野元彦（1899—1975）：蓝染工艺师。被誉为日本扎染（蓝染）第一人。早年曾学习油画，后在柳宗悦的影响下走上蓝染之路，作为一生志业。自创独有的扎染技法"片野扎"。

13

了五六年的折磨，我曾几度想要放弃，终究放不下心中的执念。我担心如若放弃蓝染，其他的工作怕也都无望成功，便坚持至今。如前面提的，蓝染与其他染料有别，通过蓝染我意识到，植物染得到的并非单纯的色彩。于是，我尝试从植物的角度出发，以期从它们无声的语言和形态中抓住些什么，并迫切地渴望具备一副能听懂植物语言的耳朵，一双能看见植物真身的眼睛——一言以蔽之，是一种直觉。这种直觉并非恒定不变，会随着建蓝者的不同而微妙地波动。在一次次的失败与失意中，我对其他植物的关心也发生了变化。前文所提到的对植物背后世界的感知，恰好就在那一时期。

每一只染瓮里都蕴藏着蓝的一生，且每天都在微妙地变化。早晨揭开染瓮的盖子，染液正中开着一朵由暗紫色泡泡汇聚而成的靛花（或叫蓝之颜）。观其色泽，可以察知蓝的心情。待炽烈的蓝气发散，蓝的青春期可以让纯白的丝线在一瞬间闪耀翠玉色的光辉，又迅疾地变幻为缥色；在经历了沉稳的琉璃绀的壮年后，蓝色成分渐渐消隐，当丝线被染成如水洗过的水浅葱色，就是业已老去的蓝之精魂。过了很久我才知道，这种颜色叫作"瓮伺"。所谓瓮伺，指染瓮里带着一点淡淡水色，那是蓝晚年最后的颜色。

健康的老迈，即不失矍铄的老境之色，便是瓮伺。过去，唐组[1]的深见重助[2]老先生在为伊势神宫编结平绪时，指定用瓮伺色。他说："瓮伺之色暌违久矣。此色难觅。当今的瓮伺格调尽失。"

当时我对蓝染尚不熟悉，听得懵懵懂懂，如今回想，才懂了老先生的真意。两个月过去，蓝若气势依旧，会有暗紫色的小水花凛然漂浮在染液中央。在这时悄然上色的瓮伺，不属于年轻人，它具备着饱经风雪后迈入老境之人的气品。遗憾的是，我学业不精，这样的颜色只染出过两三次。很多时候，在抵达瓮伺前，蓝就已力有不逮，染出来的颜色品格尽失。这也证明，蓝染是耗费一生的事业，绝非一时兴起可为。我只是渴望用蓝染的丝线来织布，亲自建蓝本身就与我的本职矛盾。我却心存贪念，还想染出紫、红、茜等其他色彩来。蓝像被当作继子看待，很快就变得心情恶劣，转而他向。有人劝我"将蓝染交给专业染坊去做"，我虽然知道这是

---

1 唐组：编结成菱形图案的编绳工艺。
2 深见重助（1885—1974）：编织工艺师。凭唐组平绪工艺被认定为重要无形文化遗产指定保持者（"人间国宝"）。平绪是指平安时代腰间束佩刀时垂于腰前装饰的编绳腰带，如今用于宫廷、神社祭事时的装束。

对的，却仍想从染瓮袅袅升起的香气之中导引出蓝的精魂，就像印度的耍蛇人从蛇笼中引蛇起舞一样。随着笛声的变化，蓝会呈现出什么样的色彩让我好奇，蓝的色彩梯度是通往绿色的道路。

瓮伺、水浅葱、浅葱、缥、花绀、绀、浓绀，蓝随着潜伏在染瓮中的蓝靛度数的不同而渐次变深。这种浓淡变化的美，从淡水边通透的水浅葱一直延续到深海的浓绀，那是海洋与天空本身。大自然通过蓼蓝这种植物给予人类的馈赠竟如此之多。

用青茅、栀子、黄檗、冲绳福木等黄色染料染出的黄，各带一些不同的红调或青调。将它们分别与上述近十个不同梯度的蓝融合，便得到富有变化的绿色。初冬时节，熬煮熟透的橙黄色栀子果，得到的是温暖而耀眼的金黄；采收抽穗前的青茅，染出来（以山茶为媒染剂）的是略带青意的具有金属质感的黄色；冲绳福木的黄是明亮的柠檬色。这些黄色都会牢牢地附着在丝线上，当与最饱满的缥色相撞，便会诞生令人炫目的绿。青与黄、水与光——自然将两者结为一体，绿色应运而生。

〔第三封信〕

水子：

　　从你的来信中掉落的那段绀底的花织小裂[1]来看,你在斜线上配置形状相同的花织图案,织出千灯之趣的设想,已实现了。确实,斜织的丝线上似有灯火点燃,与放射状的白色絣纹[2]交织重叠,的确就像绽放在夜空中的烟花。看着它,能体会你所付出的"若不是为了送给恋人则无法忍受"的辛苦。

　　其实,我从年初就开始积攒染好的丝线了,每色一束,存放于一只一尺见方的藤篮里。我不舍得用它们织布,时不时会拿出来欣赏。那只做工精致的细编藤篮传自我的祖母,如今已经变成富有光泽的蜜糖色。篮子被装得鼓鼓的,把盖子都撑得浮了起来。一起揭开盖子瞧瞧吧。

　　藤紫、雀黄、淡红、水浅葱、郁金、朱、萌黄、缥、紫、

1　裂:布片、帛片。通常是织作大型织物（如和服）时剩下的布片。志村福美对"裂"有深厚感情（多见于她的文章）,亦把它看作自身作品的一部分,故本书中出现"裂"时,皆保留了日语原文的说法。——中文版校注
2　絣纹:絣织的纹样。絣织是事先把纹样在织线上做防染而后织,使得纱线在染后重新排布,每一根纱线上的图案会有细微的移位,形成了模糊边缘。根据其纹样,絣又被称为"飞白"。

胭脂、鼠灰、栗茶……

色彩饱含着真丝的幽深光泽，从篮中泼洒出来。藤篮本不算深，却似有源源不断的丝线从篮底涌出，溢满整个房间。每个颜色都是一个独立的世界，凛然不可侵犯。它们都是从何等遥远的异国而来的呢？印度、中国、地中海，颜色之间绝不会混杂交合。譬如，现在这里就有分别用马来群岛的苏芳、中国的红花，以及地中海的西洋茜草染出来的丝线。苏芳之赤、红花之红、茜草之朱——这三种颜色，每一种都像是对女人的微妙诠释。

苏芳是原产于印度和马来西亚、名为苏芳木的植物芯材。熬煮苏芳木的木片，会得到赤黄色的液体，将用明矾媒染过的纱线浸入其中，可以染出赤红色。在所有红色中，没有一个色调能像苏芳那样赤裸地表现女人的正直。这种不掺一点假的正气太强烈，过去我曾与苏芳搏斗过好一番，结果连连溃败。如今想来，当时年纪尚轻的我，许是被女人的色彩束住了手脚。苏芳红只能与黑或白、金或银等极致的色彩搭配。它的强悍，会将轻弱的颜色无情掩盖。当年我资历尚浅，不具备驾驭强烈配色的能力和技巧，从而被苏芳彻底压制了。

这种赤红，是纯粹的处女之红。

我突发奇想，试着将熬煮杨梅树皮得到的涩黄液体，取薄薄一层混入这赤红之中。只见红色开始微微发浊，却也生出了一股暖意。那是辛劳的妻子的颜色。这时的红，多了份包容其他色彩的度量，也更具女人味，与绿色或茶色搭配都很相宜。

苏芳是女人内心的颜色，被喻为红泪。在这赤红的世界里，住着圣女，也住着娼妇，她们同样拥有女人的深情。

红花产于日本山形县以及中国。早年我曾到山形县的山里拜访过种植红花的妇人。当我在高地的澄澈空气中看到那些盛开着的清秀草花时就想：用这里的红花，一定能萃出极美的红色。据说红花的染料宜用寒季之水，我用冷若刀割的清水浸泡红花的花瓣，用草灰汁揉挤，再用酸剂催化出红色。从淡淡的朱鹮色到桃红、绯红，须重复染上很多次。

红花之红属于少女，是从花蕾初放的十二三岁，到十七八岁年纪的少女之色。

少女曾住壶中。

通透的织布坊，一如装载萤火虫的竹笼，

少女在里面终日织作。

透过顶上的壶口，

星星在迢遥的天际闪耀。

一日清晨，雪花沿着壶口，

飘然落下，

聚积在这萤笼之上。

少女取来雪水，浸染丝线。

染出的红色，振出丁零的清音。

红花只用花瓣做染材，很容易掉色，一经日晒，颜色就会悄然遁形。

通常花朵不能用来染色，唯有红花是例外，但还是要避开日光。如此说来，采摘红花也要在清晨，趁着太阳尚未完全东升时。坊间的说法则是，被晨露濡湿的花朵，花萼上的刺不会刺痛摘花人的手……

茜草在日本、中国、地中海都有出产。茜草的根部呈轻浅的红色，茜染就是要熬煮这种草根来制染液。从前在嵯峨野也经常会看到群生的茜草，近年来却越来越少见了。

茜是牢牢扎根于大地的女人的颜色，是拥有生存智慧的女人之红。

若苏芳是情，则茜草为知。

苏芳通过媒染，可以成为赤红、胭脂红、葡萄色、紫色，它对一丝细微的变化都极为敏感，是暗藏利刃的颜色。苏芳具有魔性，仅此就让它极具诱惑力。

古语有云，"花有移时根常固"，诚如此言。红花易褪，而镰仓时代用茜草根染成的绯缄[1]上的茜色，至今娇艳如初。

〔第四封信〕

水子：

一项工作刚结束，另一道关卡就现身，以致无暇放松，一心只想着如何闯关——这就是你面对的状况吧。紧接着要挑战的花织，似乎已经以冲绳为起点踏上了征途。

---

1 绯缄：日本札甲式盔甲上，用白色绢丝染成绯色系之后编结而成的绳股。用于将甲片上下连缀在一起。

这一年里，我埋头于裂帖[1]的制作，同时也开始了自己一直未能痛下决心的紫根染。契机是最近来了一批蒙古产的新鲜紫根。早在万叶之古昔，日本中部就一度紫草繁生，蒲生野等地甚至还被喻为紫色原野。然近年来，只有东北地区还有少量的野生紫草，我们已很难获得。

紫草分野生和人工栽培两种，皆以当年内使用为佳。

如此受材料限制的染料本就罕见，其染法也颇为特殊，会时刻随着温度和环境而变化。将紫根折断，若内芯发白，就表明它较为新鲜；若已润染得泛紫，则代表已是陈货了。

正如古歌所咏，紫者，需"椿灰之物也"[2]，紫根染须配山茶的木灰，且要将新鲜油绿的山茶树叶和枝条焚烧成灰后，立刻制成木灰水使用，才最理想。

紫染之难，可与蓝染相匹敌。二者堪称双璧之染。恐怕没有任何一种染色可以像紫染那样，与染师的精神状态和感知力结合得如此紧密。

《枕草子》中有"紫色映雪甚美""不及灯影者，紫色织

1　裂帖：将裂（即帛片）固定在帖上以收藏或鉴赏的成品。
2　出自现存最早的日语诗歌总集《万叶集》，原文为"椿灰さすものぞ"。"椿灰"即山茶的木灰。

物、紫藤花也"的表述，读来颇具兴味，而书中又有"花，丝线，纸，无论何物，举凡紫色皆难得"之语，可见紫色居于所有颜色之上。高贵之色，对人也异常挑剔。紫根染让我痛切地体会到，人不可能在染色上呈现自身无法把握的感觉和情绪。

紫色不会主动靠近，它永远是引人追随的颜色。我虽多次尝试紫染，却从未真实地体会过染成之感，总感到它随时会从我的掌中逃逸。但我依然常将紫色置于身侧，哪怕一线也好，不织进些紫色，总好像缺了什么。许是因为还无法以紫色为主角来驾驭的我，期望至少能留它为配角。若苏芳之赤代表了女人的魔性，那么紫色便是从那魔性中又剥离了现实性。歌德曾形容紫是"不安、纤弱、令人憧憬的色彩"，我深以为然。

将丝线浸入从紫根提取的染液，再用山茶木灰媒染，能得到从透着青蓝到微微泛红的紫色。木灰水的浓度越高，青调就越明显。

用紫根液和山茶木灰反复浸染，一直到染出深紫色，需要近半年的时间。在十次，甚至二十次不断染色的过程中，色彩若能不断加深并不失格调，至少能感慰辛苦值得。但是，那暗藏于青调中的冰冷品性和贫乏感，红调里的摇摆不安和粗俗气，却不时从中闪现出来。歌舞伎的玉三郎先生曾说过，带红调的紫色犹如女人无法忍受的脆弱。若接得住苏芳的赤红，或许可以炙热深情为生存之道，然紫色具有针戳可破的脆弱，这也是它深具魅力的缘由。

若将紫根液加热至六十度以上，鲜艳的色彩便消隐无踪，转为带有鼠灰调的"灭紫"，也叫"消紫"。紫色消隐后的色香，宛若迟暮的佳人，带着几分孤绝的韵致，又好像只需一丝微弱的光便能让隐于底部的紫色重焕生机。虽不至深灰之调，但紫色寂灭后留下的色香似乎让人明白，光源氏[1]在将其作为服丧之色围裹上身时，为何会显得比往日更优雅清美。

这份沉潜之美委实奇妙，而言及日本独特的审美观，则不能不提鼠色与茶色。

日本人的眼力了得，甚至可以分辨出近百种鼠色，以至于有"四十八茶百鼠"之说。当然，感知这份精微，需要调动整个五感。

杨梅、橡果、五倍子、桤木、栎木、梅、樱、魁蒿、老

1　光源氏：日本平安时代女作家紫式部所作长篇小说《源氏物语》中的男主人公。

鹳草、蔷薇、野草，但凡山野中的植物，都可以染出鼠色，且色调各异其趣。一百种植物就有一百种鼠色。再加上采集地点、季节之别，以及媒染剂的变化等，衍生出的色调之丰富，可达一百之百倍。

如此繁杂微妙的鼠色，具有让人怎么也染不够的情趣，也与诸如"和""静寂""谦让"等日本人喜爱的性情贴合。就我而言，鼠色与浊白（浅米色，亦可从染出鼠色的几乎所有植物中获得）一起，无数次救我于险境。它们是伏兵，是援军，常伴我身边，在对各种色彩的调整上都扮演着不可或缺的角色。鼠色是舍己为他的颜色，它将所有的色彩都温柔包容。它有如画布，是大地之色。

看看江户时代末期所取的那些色名：银鼠、素鼠、时雨鼠、深川鼠、茶室鼠、源氏鼠、夕颜鼠……由于鼠色是从黑到白渐次推移的无色感的阶梯，故无论冠之以什么名字，都传递着一种情绪。譬如夕颜鼠，会让人想到黄昏时，莹白的夕颜花被阴翳笼罩。它是略微发紫的茶鼠色。

如果从音阶的角度来看，有些色调就像半音阶的再半音。试想，在五线谱的每一个音符之间，又隐藏有多少复杂的音符。色彩中也是同样。并且对于植物染料而言，如若每种颜色都来自不同的植物，那么除非守护住一种颜色的纯度，否则就无法正确使用它。换言之，所谓植物染，就是要守护该植物的色彩纯度。这是对植物染应抱持的最基本态度。

以细腻著称的日本人，在过去就已经把色彩感觉挖掘到了如此深度，我们更不能让这条路绝途。

至于茶色，从名称来看，有蓝海松茶、砾茶、黄唐茶、江户茶、路考茶、相传茶、紫鸢等。从它们的语感中探求其氛围，也能对茶色的世界略知一二。路考茶之路考，是歌舞伎演员濑川菊之丞的俳号。这位路考所喜爱的茶色，带有青调与黄调的底光，确实能充分衬托出一位个性男子与众不同的僻涩之感。而紫鸢茶是在苍鹰羽毛般干爽的动物性茶色上，又敷了一层紫色，它是一种有深度的茶。

如前文所书，一种颜色对应一个独立、唯一而确定的世界。每种颜色都是孤独的。但是在以梅为母体的媒染剂中媒染后，鼠色与茶色又会孕生出很多兄弟姐妹，用杂木和草花染出来的鼠色中，会诞生色调层次各异的鼠色大家族。

将这经纬关系加以组合排列，便会派生出无限的配色，色彩间像被蒙上了一层面纱，彼此和睦，互不相悖。这一层面纱或许是植物的汁液，或许是其他夹杂物，就像科学中有切分不尽的阿尔法（α），色彩里也有无尽的层次。

　　但是，有一个误区必须引起我们的注意。由于草木染通常都是低调而素朴的，世人容易误以为草木染所得到的颜色都比较暗涩。事实上，我们所见到的昔日草木染，几乎都褪了色。也许它们在刚刚染成之时，是醒目而华丽的明亮之色。平安时代，袭色目[1]大为盛行，无须任何花纹，仅用色彩自身就可以表现出四季变换和人的微妙心境。那是因为彼时人们几乎将草木染视为一种信仰，珍重待之。传说守护人类的和魂[2]栖宿于药草之中，所以当时的人会穿上用药草染色的衣服来保护自己。这些颜色曾被认为是植物的精魂，由此可以推断，它们应是很纯净的颜色。

　　因此，我认为那个时候人们并未胡乱地在染料中做文章，进行混色或者调色。即便需要混合的，也都是一些势在必行的自然操作，譬如用蓝与黄调和成绿、将蓝与红调和成淡淡青紫，或是栀子黄与红调和成绯红，等等。在黑染之中还有

1　袭色目：指平安时代中期以降，服装数层叠穿所呈现的颜色交叠的配色。旨在不以纹样，只以色彩的交叠呈现一种抽象的审美。

2　和魂：神道教概念中，神的灵魂具有两面，一为展示勇猛凶悍的荒魂，一为代表温柔平和、仁爱谦逊的和魂。此为后者。

蓼蓝底染、红花底染，用黑中见蓝彰显品格，以黑里透红展现情感。

如此，对色彩法则的研求，是在漫长的岁月中酝酿成熟的日本文化的特色，这些颜色是只有在湿润的、有四季变化的日本才能够诞生的色彩。

自然的造化变幻无穷，依循一定的节奏和周期，循环往复，间或会为我们滴落一涓之微。只有做好接受它们的万全准备，色彩才会降临。

自然的法门刚直公正，有锐利的尖刺，亦有甘甜的蜜糖，它们交织在一起，带来了玄妙而和谐的色彩。

〔第五封信〕

水子：

到底是没能去成五岛列岛。本想着要参观缲丝现场，便决定在去五岛之前把丝线放一放。当知道不能去了，反而更撩拨我的想象了。

岛上的妇女白天忙于农事，农忙之余就聚到你那儿染线，她们闪亮的眼眸、健康的体魄以及说话时的样子，与不断缫出来的雪白丝线以及环抱着她们的海空之蓝一起，鲜明地浮现在我的眼前。

我一定择日前往。

秋蚕时节，一定会去。

现在，这里也在为抽丝取线忙得头晕目眩。我得到了一些一周内会破茧化蛾的新鲜生茧。现在已是第五天，再有两天茧壳就会被啃破。

家中到处都弥漫着生茧气味。我们烧起炭火，忙着开动缫丝车，忙着煮茧，忙着索绪绞纱，连吃饭的闲暇都没有了。当蚕停止进食桑叶，歪着头像在寻找什么的时候，就是准备要做茧了。

蚕的体内盈满透明的液体，它们从小小的口中专心致志地吐出丝线，丝线在接触到空气的瞬间，会像琼脂一样凝固，变成独立于蚕的"丝"。不停微颤着吐丝的蚕宝宝，很快就会变成一只鼓溜溜的茶褐色茧蛹。它们无法飞上天空，最终在自己的小小城堡里，在白色纤维的重重包裹中死去。

丝（いと）者，"厌（いと）也，因其细而厌于绝"[1]——在丝的字源中也有明示，蚕将自己的呼吸都留在了蚕丝上，以它弱小的生命作为交换，赠予我们纯白而富有光泽的丝线。将一卷丝线置于掌中，会传来丝丝暖意，轻轻地握紧，有股力量会反弹回来。是蚕丝的生命在回应我。不由让我对它产生依恋，想紧紧搂住它。亲手将活着的蚕茧放在锅中煮制的我，说出这番话未免显得虚伪，但一步一步亲历了所有步骤，这是我无以抑制的真实情感。

　　从锅中煮着的几十个蚕茧中，连绵不断地抽出缕缕细丝，如轻烟一般。此时的蚕茧会全部立起，一边轻轻地摇摆，一边被缫出莹白的丝线。卷绕在丝框上的生丝，像上等的绢糖一样释放着光泽，几十条丝线在湿润的状态下，结结实实地凝成一股，露出一根丝线应有的表情。仔细观察，你会发现蚕的轻颤非常清晰地留在丝线中，每一次颤抖的空隙，则凝聚成了蚕丝的蓬松质感。

　　我们必须尽快将湿润的蚕丝从丝框上取下。这一步很重要。若放任不管，蚕震颤的气息就会逐渐伸展，最终消失。

1　"厌（原文作'厭'）"在日语里除了表示讨厌，还有珍视、珍爱之意。

迅速拆下、立即进行绞纱的蚕丝，会像羽毛一样轻盈，还会有一些微小的波纹起伏。在水花消失前，光线从前方洒过来时，会像薄雾一般粼粼闪耀。刚刚缫好的蚕丝美得不可方物。四五天前，它还寄居在蚕的体内，如今却以这般样貌获得重生，准备包裹我们的身体，怎叫人不着迷。手掌托起缫好的蚕丝，握紧，放开，抻拉，放松，摊薄，丝线就像刚刚出生的雏鸡，以体内的力量回应我们，柔软又生动。那是生命本身。如果握紧它，它会启动内在的力量回应，如果抻拉它，它又会孕育出摇曳的力量。聚结在一起的数千条蚕丝似乎要去探求远方的空气，变成一方透澈的空间，丝线周围的张力越发浓密起来。

为了留住蚕丝独有的内力，最初的几道工序会十分小心。就像孩童在出生后的最初几年需要细心呵护一样，这一时期也是决定丝线性状的重要阶段。我因究心于染色，久未参与缫丝纺纱的作业。虽心知丝线的重要性，但染色与制织耗尽了我全部的精力，再无暇亲自参与制线。直到我真正稔熟了染色，才又回归到缫丝制线的工作中。因为当对色彩有了一定了解，就会对丝线产生要求，无法放任不顾。

最近有一位前辈提示我："那是因为你染出的色彩越来越

好。好的色彩当然想染在好的丝线上。"如此理所当然的事情，我却用了这么多年（准确说是二十年，其中亦有我身懒心粗之过）才终于了然。今后若想让自己制出的丝线也能自成气候，或许还需二十年时间吧。

所谓"年岁增长也是技艺的一部分"，正是这个道理。我迈入了更深的色彩世界。但我并不认为自己还能穷尽丝线的世界。我终究只能在自身的局限内处理丝线。只是，随着年岁增长，我却渴望回归原点。

现在家里的这批蚕茧属于春蚕，是最有力量的蚕茧。蚕分春蚕、秋蚕、晚秋蚕、晚晚秋蚕、冬蚕，在气候温暖的地区，只要能采到桑叶就可以一直养蚕。

就像对人要因材施教，对于绞好的丝线，同样需要经历精炼和捻纱的工序，使其具备不同织物所要求的品质。精炼赋予丝线以光泽，捻纱又为丝线带来可伸缩的弹力。

在理顺的丝线前，人会不自禁地服从于丝线所支配的空间，仿佛进行着某种仪式。在丝路之上绝不允许人类的暧昧言行。

但丝线也是变幻自如的。它也会配合人的心境，有时随和顺从，有时会和人一起展露笑颜。人与丝线合二为一，是至高的人生体验。未经过精炼或者捻纱的生丝，像白色的孢子一样清纯，熠熠生辉。使用轻巧的桐筘耐心织作，应能织出古代的薄绢。此刻，人犹如怀抱着蚕丝一般弹拨着木筘，这一切都是浑然天成。

我也曾有过这样的体验。驾轻就熟地将纬纱穿入织机，在丝线变为缯帛的瞬间，想必也是那样一种姿势。因为在浑然不觉是丝还是布的瞬间，你只能用这样的姿态迎接它的到来。我的内心拥抱着那个瞬间。

织物透明，如浸润在水中，粼粼闪耀。我意识朦胧，轻轻弹拨着织筘。

〔第六封信〕

水子：

在印度、中东以及近东，有一种红色美得令人心颤。听说接下来你也要触碰红色了。将棉纱染红一定很辛苦吧？你是用黑色的纬纱来抑制经纱的红吗？

如若是，织物的颜色想必是"夜之红"吧。

从前，在印度曾有被称为"织就的空气""夜之滴"的美艳织物，织起来费时费工，但那成形的透明织物是世上罕有的美物。想到它们，那些我们淬砺于古典教育时冒出的，甚至不值沙漠中一握沙的小心思，顷刻间就被碾得粉碎。

如今我正究心于条纹。虽然它只用于能剧服装中的极小一部分，但无论我倾注多少心血，吃下多少苦头，它都不为所动，门户森严。多一根少一根都不行。无论颜色还是用量都不可随意变动。但是，若不能撼动它，唤回到我的现代织作中，则终究成不了我的条纹。

若说是否还有一条细窄的单行路可循，于我而言就是色彩。除了从当季的新鲜草木中获得色彩，别无他法。

我对织物的思考，皆从色彩而来。只要染色充分到位，不画蛇添足便为好。

于我，色彩就是形。就像在白纸上写下一行诗，我将色彩织进织物中。心中虽有一个大致轮廓，但写下的每一行，都会自然地引出下一行，在固定的框架中，我可以自由地甄选颜色。经纱一经确定，便不可再动，但纬纱却可以即兴织入。倘若经纱是传统，纬纱便是活在当下的象征，在这阴阳交叠之中，孕生出织物的色彩。

织作伊始，为了定下主题，会先尝试掺入各种颜色。颜色之间难以融合、互相牵制时，有时只要再入一色，便能瞬间将周围的颜色吸引过来，音色由此诞生。当你终于找到了主题，接下来便是如何展开：是取轻快的节奏还是沉稳的调子？间隔的区分是否要像赋格一样紧追不放？诸如此类。把握好条纹的尺寸、色调的强弱、丝线的变化等因素的同时，只需引入细细一色，整体便能凝聚，聆听到美妙的音色。用这些色彩和音符的集合，织出谦逊内敛的室内乐一般的织物，是我的梦想。我说色彩就是形，在此意义上，无饰的素面既是原初，也是终点。

　　素面即色彩本身，在此，制线、染色与织作的每一步都容不得半点敷衍。唯有将底部蒸腾的色彩精气诱导出来，呈现于素面之上，才不会让单一的色彩乏味。丝线也要使用留有蚕的震颤痕迹的光泽丝线，并以澄净的内心面对织机。

　　那是我遥望的一个路标。

（1981 年）

一色一生

在嵯峨释迦堂（清凉寺），现存有几枚宋代的罗[1]片，据说是释迦牟尼佛祖自胎内带来之物。置于真空玻璃罩里的这几枚浅绿、赭色、土黄的罗片，以轻烟般的细丝织就，如蝉翼，又似叶脉，美妙不可方物。将其比作天神的羽衣亦不为过。好像一遇空气，它们就会立刻幻化成风，带着稍纵即逝的神秘，宛若那层上清液。

人被美物击中的瞬间，会有恍若飞升的美妙之感。当我凝视它们的时候，也真切感受到自己正追逐着中国宋代的千古之梦而翱翔。罗片本身已濒临风化，却魅惑着我们的灵魂，诱我们向着遥远彼方。它们形为织物，却非裂，亦非丝线，它们用自身纺出一条线，联结着另一个世界。

1　罗：一种质地轻薄，经纱互相绞缠后呈网状孔的丝织物。织罗技术最早可以追溯到春秋战国时期，在宋代达到了巅峰。但因其织造工艺复杂，明清以后逐渐消失。

在看到古印度的染织品，看到那些神秘幽艳的丝缎纺和金更纱[1]时，我也体会过同样的感动。而当我听说印度人赋予它们"织就的空气""夜之滴""朝霞"等全然不拘于外形的名字时，不禁在心里颔首称是。它们虽为织物，却不让人觉得是出自人手，究竟该如何形容呢？我长久惑于这一谜团，直到某次读到马拉美[2]的一段文字："把舞女看作一个正在跳舞的女人可谓一种谬误。舞女并非女人，也没有在跳舞。"

谜一般的描述。或许他说的是究极之姿，那种瞬间现身又忽然隐没，与空气融为一体，摇曳律动而极尽优雅的舞姿。它已然脱离了舞台和舞者本人，将我们引入梦幻之境。而此时，跳舞的确实已经不是舞者本身，而是从四面八方托举着舞者、共同摇摆进退的整个空间。

所有艺术的极境，都将超越自身的领域，换言之，是渐渐清楚自己身处一个可以全然驾驭的纯熟之境。

---

1 更纱：原指在室町至江户时代，通过东南亚商船传到日本的一种图案丰富的印花布。后在日本形成了和更纱的工艺并得到发展。金更纱即图案中施以金泥的彩色印花布。
2 斯特凡·马拉美（Stéphane Mallarmé，1842—1898）：法国诗人，文学评论家。早期象征主义诗歌代表人物。

回落到现实，在我们狼奔豕突的现代生活里，我这十几年来，除去短期旅行和身体不适，几乎每天都在织机前忙碌。

如今回首，我对染色的感受和体会反而强于织作。虽说染线是为了制织，但制织已接近整个工序的尾声，而从工艺的角度看，获取优质的材料是第一要义，是根基。剥茧抽丝，由丝纺线，为线染色——恰如播种后，嫩芽破土时带给人的喜悦。于我，（真想从纺线入手，但苦于时间有限）将植物的花朵、树皮、果实、根茎等熬成染液，再以此染线的阶段，是最具兴味的。只要是植物染，颜色与其说是染得，不如说是从植物中孕生更为适切。大自然已臻于完备，只是假我之手，将它的储藏呈于世。

长年与植物染料打交道，我始终遵循着某种牢不可破的法则。譬如春日薄暮时分，京都的山峦雾霭迷离，笼罩在一片难以言状的蓝紫色柔光中。这种色调，来自湿润的自然所酝酿的微妙变化。要织出这样的颜色，是至难的事。但正如一方水土养一方人，只要与自然的流转朝夕相对，人心终能通晓这些美妙色彩背后的自然条理，色彩便会在某一刻不期而至。这一切不称之为技巧，而是对自然的回应。

植物因其生长的风土、气候之不同而千差万别。在最优的环境中培育，于最佳时机采摘的植物，能染出大自然本身甚至超越大自然的美色，这并不足为奇。染出超越自然的色调之际，或许正是人的心愿与自然合一之时。

每年深秋，一位家住大德寺的老妇人都会赠我上好的栀子果实。由它染出的颜色非常新鲜，稚嫩如雏鸟。因某次机缘，我有幸得到了深见重助老先生于明治三十四年（1901）染的茜色丝线。第一眼，我就被那色彩牢牢钉住了，一时挪不开视线：色彩竟可以如此肃穆。时常，我会将这一束线置于案上，静观不语。凝视久了，恍惚觉得它已不是一束线，而是一卷正向我传诵内义的经文。

这束线已放了七十年多年，与正红相比，它略带黄调，近似于燃烧的火焰，却又极静，是至今依然闪耀着深邃光辉的绯红。这种深茜染，染一贯线要用一百贯茜根，须耗费约一年半时间，在茜染的染料和锦织木（榉木的一种）的木灰水中反复交替浸染一百七十次方可染成。如果在第一百六十九次失手，则前功尽弃。这份执着与韧性究竟从何而来？是否是承接皇宫和伊势神宫御用品所带来的精神上的凝聚使然？年轻时，我有幸得以向深见老先生求教这茜染，以及紫根染、红花染等知识。犹记得当时仿佛遇见隐居深山中的仙人，感受到一种强烈的患得患失。

老先生对我说，染色之路，近乎于一场"极道之旅"。想必正是穷尽其道之意。

现在的我，走在前人踏出的道路上，唯恐错失一二。在可以超音速飞行的现代社会，追寻此路，或许是背时而逆行。深见老先生曾经明确表示，自己并非不想要传人，而是无人可传。

我从近江移居至嵯峨已有六年了，当年的建蓝之梦，如今已付诸现实。而回想当初，对于蓝染一窍不通的我，俨然是初生牛犊。

在我织作之初，母亲常说："希望你的工作能以蓝染之色为基调，勿要让它绝迹。没有比蓝染的和服更能体现日本女性的美了。"这几乎成了她的口头禅。大约五十年前，柳宗悦[1]先生在京都上贺茂创办工艺协团时，母亲曾在协团里的织物师青田五良先生门下学习织作和植物染。在当时，无关商业，

---

[1] 柳宗悦（1889—1961）：日本思想家、美学家，宗教哲学者。由其创立和发起的"民艺运动"及其理念，深刻地影响了日本手工艺文化的发展进程。

像画家作画那样亲自纺线、染色、织作的人绝无仅有。由此看来，青田先生可谓染织艺术的创始人。就像所有时代的先行者一样，他激烈、执拗、任性地与时代对抗，留下了不少拥有高更色彩的服装作品，淋漓尽致地表达了他的装饰性艺术倾向，却不幸英年早逝。

　　母亲生长于明治、大正时期，又做了一位医生的妻子，对于抛开家务和育儿去从事织作，内心始终挣扎抵触，最终憾然放弃。但她对于染织的爱，却如长存于心底的火苗，在我开始这项事业时又重新燃起。七年前父亲辞世后，母亲重操旧业，如今她已年近八十，依然每天在织机前忙碌。永远一身蓝染和服的母亲，面对染坊日趋消失的现实深感寂寞。所以她一直坚持委托当时近郊的十几间染坊染线和染布，支持着染坊的生意。但这终究抵不过时代发展的洪流。有一次，母亲和我去野洲寻访绀九蓝染坊，当我们在街上闻到空气中飘着的蓝草香，看到成批的浓绀色染线晾晒在宽敞的晒场上，内心的激动可想而知。当时，我做梦也没想过自己会亲自建蓝，但随着染织的深入，我越发痛感拥有自己的染瓮之必要。蓝染之色，可分为瓮伺、水浅葱、浅葱、缥、织色、绀、浓绀等浓淡参差的蓝色，从深海之蓝一直过渡到浅淡的水色。若再与青茅、栀子、黄檗、郁金、杨梅等黄色染材搅合，则可以染出若草、黄雀、松叶、翡翠、苔绿等数不清的绿系色调。而如果没有自己的蓝染瓮，这些终究不过是纸上谈兵。

在化学染料无所不能的现代，传统染坊举步维艰，短短数年里，十几间染坊纷纷转业，生意惨淡。仅存的几家，坊主都是热爱蓝染的执着之人，而如今他们年事已高，后继无人。我了然这一现实，更感到建蓝的必要。就在这时，我因白洲正子[1]女士的引荐而有幸认识了从事扎染和蓝染的片野元彦先生，并拜他为师。

片野先生初到我的工作间，便开门见山地质问："你觉得这样就能做蓝染了？"言语不免尖锐，并向我娓娓道来对蓝染应有的根本态度："建蓝须如养育子女一般；蓝直接体现着建蓝者的人格；蓝的生命存在于清凉之中。"

大自然在这片四季分明的国土上孕育了日本海的深蓝，也赋予秋空澄净的碧蓝。片野先生认为，像日本之蓝这样兼

1　白洲正子（1910—1998）：日本散文家、美学家，古董鉴赏家。日本近代极具份量的美学评论家。

具孤寂的内涵和绀琉璃般耀眼光辉的蓝，不存于世界其他任何一处。如此高纯度的蓝色，唯有遵循古老的法则建制，也就是木灰水麸建法才能获得。用化学合成染料和药剂，虽能将工艺由百步简化到一步，却不可能得到有生命的颜色。有生命的颜色只会从有生命的物质中诞生。这些都是片野先生抱持的信念。他的每一天都是从向爱染明王双手合十地祈福开始的。他对蓝虔诚恭敬，将自己的全部都奉献给了蓝染。当我踏入他那神圣的工作间，感到自己的工作仿佛被撼动了根基。

阿波的吉野川流域，自古被认为适宜栽培蓝草。蓝靛名师佐藤平助老先生带着全家人专注于此道，挽救和复兴了蓝靛的制作。制蓝，要在节分前后播种蓝草，酷暑之季收割，从秋到冬制作靛土——贯穿全年的重体力劳作下制成的蓝靛，每年年末都装在草编袋子里送到我这儿。对于这些劳动换来的珍贵染料，我不敢浪费一丝一毫。每年迎新之际，我都会诚挚祈愿这一年的蓝染能成功。而一次次建蓝，迎来的却是连年的溃败。

如前所述，蓝是有生命的。它的活力无时无刻不在变化，有着古老而神秘的传承。一般认为，即便花上五年、十年的工夫修炼，若直觉不够敏锐，则一生都不可能独立建蓝。染料依赖人的体感温度生存，过高会腐烂，过低则不能发酵，因而必须注意昼夜温差。从十一月至翌年五月，要熏焙木屑和稻壳来给染瓮保温；每天早晚都要轻轻搅拌染瓮，观察蓝的健康状态。而蓝的心情优劣，要端其外貌，当亮丽的紫绀色气泡涌上表面之时，正是蓝的花开之际。

这种方法，过去叫作"逃出地狱"或"躲过枪击"，成功的比例仅是万分之一。全国的染坊后来都换成加了人造蓝的染瓮，也并非不可理解。由此也更能深刻地体会到保持蓝染的纯粹是何其困难。几次三番，我都瘫坐在原料因发酵失败而死去的染瓮前，无力起身。

过去有种迷信，认为蓝极厌秽物，而女人不洁，因此女性甚至不得靠近染坊小屋。难道我真因女人身而触犯了荒唐的行规？那一年，我最终对片野先生表达了退却之意。片野先生对我说了这样一段话："我曾以交代遗言的心情嘱咐我的女儿，蓝染的达成，除了不停地反复，别无他法。我也经历过站在一夜腐烂的染瓮前落泪、绝望无助的日子。建蓝的秘义不在言传，而在于不厌其烦地反复躬行，直到抓住蓝与自己合一的那一瞬间。"片野先生年事已高，仍黾勉于蓝和扎染，精进而不懈。与之相比，我痛感自己对工作的粗疏放任，需要摒弃的部分太多了。那一刻，我内心突然涌起病儿母亲般的哀伤。我意识到，自己的蓝或许生来就养分（木灰水）稀薄。

重新孕育一次拥有健康体质的蓝吧。从那时起，我仿佛茅塞顿开，观察蓝的表情，能自然领会它是渴望甘甜（麸、酒、糖液）还是辛咸（石灰）。

每个晨昏，当我执桨轻轻搅拌，蓝会愉悦地顺从，一段安静谐和的时光便翩然而至。在薪柴和木炭几乎绝迹的当下，收集优质的木灰并非易事。和我拥有同样理想的年轻人，拉着板车到澡堂、饭馆、园艺公司去收集木灰。这个新年，于暮色中收集来的木灰装了满满一大缸，我们细致谨慎地开展一步步工序。在加热到适宜温度的染瓮里，闪动着新鲜光泽而充满生气的蓝释放出稳健的香气。第一周过去，气泡一个个冒出，蓝开始发酵。此刻看准时机，将文火煮好的麦麸从瓮口沿着边缘缓缓注入。一旦时机偏差，就等于错过了上色。放置一天后，轻轻掀开盖子，只见液面涨满着紫绀色的气泡，一插入木浆，蓝分顺势奔涌而上。在清晨的阳光下，闪亮的紫色泡泡恰如盛开的鲜花。再过一天，就是染线的日子了，将纯白的丝线静静地浸入染瓮中。

染坊里只穿白裤。据说是为表明染色操作必须慎重，不得让白裤沾染污渍。在染色时也不能使空气进入染瓮。

将丝线隐没在蓝染液中，饱饱地吸收染料的色素和香气之后，再徐徐捞起。被竹竿绞拧起的丝线在接触空气的瞬间，呈现出绚烂而鲜烈的绿，几可与南方海域的阳光下闪耀的祖母绿乱真，却稍纵即逝。在顺势理线的过程中，染线很快氧化。待水洗之后再接触到空气时，纯正而清凉的深蓝诞生了。五年来苦苦追寻的日本之蓝，此刻像一个健康的新生儿，第一次对我展露笑颜。

建蓝、守瓮、染色，做到这三点，始称为技艺。

蓝终于被我建起。但这仅仅是一个入口。一直到能自如地建蓝为止，此前走过的岁月成为我今后工作的支柱。曾经，我以为做一色会耗费十年；如今，我觉得做一色将用尽一生。

（1974 年）

追寻丝线的音色

在今天的创作工艺展上接触到这些素朴的作品，令我不胜欣喜。它们有如刚采摘的新鲜蔬菜或清新的草花，质朴而温暖。从大家的作品中，能感受到对家人、朋友以及周围事物的深情厚意，同时我也感到，这份纯真正被我们渐渐遗失。

在我走上织作之路的二十多年前，从未想过织物在非专业人士之间也可以如此纷繁。那时虽然有类似西阵织[1]的地方性传统织物，却没有人会将织物当作个人兴趣，像绘画或写文章一样作为表达内心世界的手段。

回想当年，刚结束婚姻的我带着两个孩子，从东京回到京都老家。站在痛苦的人生关口，我心中浮现的，是母亲的

---

1 西阵织：日本国宝级的传统织物工艺品，因其出产于日本京都的西阵地区而得名。完成织布需要二十余道工序，细分的工序由专业手艺人单独完成。

织物——但周围的人劝诫我，若要考虑生计，织物并非明智之选，不如找个事务性的工作，尽早让自己独立。在一片反对声中，唯有母亲支持我听从内心。仰赖母亲的这份鼓励，我尝试着起步，却总是不得要领，每天都在焦躁不安中度过。最终在母亲的建议下，我带着自己织的一片小裂，去拜访了工艺协团中的一位陶艺家河井宽次郎[1]先生。

河井先生对我说："此道艰苦，没有坚决的意志，无以持续。你膝下抱子，利用闲暇工作，这不仅是对材料的浪费，也是时间的浪费。创作之路看似入门容易，当你一步踏入，便知其中辛苦。"话语间不乏严厉之辞。

那时我第一次明白了工艺之路的险峻，回去后消沉了数日。母亲见我终日郁郁寡欢，便又一次提议我去拜见同一协团的另一位木艺家，黑田辰秋[2]先生。我抱着最后一试的想法，鼓足勇气叩开了黑田先生的工坊大门。在那小半天里，我收

1　河井宽次郎（1890—1966）：日本近代陶艺巨匠。曾专门研习传统制瓷工艺和民间制陶工艺，为日本民艺运动的发起人之一。晚年曾婉拒了"人间国宝""文化勋章"等荣誉，专注于民艺创作。
2　黑田辰秋（1904—1982）：日本漆艺家、木艺家。日本木工领域第一位被认定为重要无形文化遗产保持者（"人间国宝"）的艺术家。曾参与柳宗悦、河井宽次郎等人发起的民艺运动。

获了很多不甚连贯却真诚的热语，有些至今在我心底回响。

"我这个人任性又懒惰，好恶分明，所以只能做木工。但我想做出自己真正想用，别人也珍爱且乐意使用的东西……此路是酷刑，有时甚至与地狱无异，但其中亦有真正的喜悦。"黑田先生还告诉我，从事工艺事业，离不了"运、根、钝"。

"运"是指自己除此之外不做二选，认定笨拙而任性的自己只擅此道；"根"代表韧性，同一件事能不厌其烦地反复；"钝"则是指借助材质来表达的工艺，与绘画或文章这类直接表达的方式有别。如果后者属于锐角，那么无法言说、唯有借助物来表达的工艺，便是"钝"的工作。这之中，也孕育着一股平和的力量。这三字才是工艺的本质。二十年过去，如今我终于懂得了这番话的深意。

黑田先生当时只是对我说："我既不能建议也无法阻止你从事织作。唯有一点，如果你认定这是你唯一可走的路，就请走下去。"

聆听黑田先生的教诲，我的心中充满了一种真切的想法：不问前路多险阻，我都不做他选。回去的路上天色已阑，我却感到夜空深处有无数星子闪耀。自那以后，我仿佛一直被那星光指引着，不再犹疑，坚定地走到了今天。

其后过了约半年时间，我突然收到黑田先生寄来的明信片，问我"要不要试一下参加传统工艺展"。这完全出乎我的意料，受宠若惊，毕竟自己资历尚浅。母亲也认为，没有十年的修习磨练，拿不出手，这种不自量力的事情，还是回绝为好。诚然如此，但另一方面，我心切于与分别的孩子一起生活，为此必须拥有能被认可的独立事业。因此，我愿把黑田先生的推举视为可贵的鼓励，竭尽所能不负于它。然而母亲坚决反对，批评我无自知之明，很干脆地说，她不会给我任何援助。而我身上一文不名，甚至买不起线。万般无奈之下，我去相求西阵织的丝线店，讨来一些用过的旧线，重新染色，颇费了一番周折，效果却不尽如人意。走投无路的我，打开了母亲私藏的木桶。

　　就这样，我找到了一些由白色蚕茧抽丝而来的泛着自然光泽的手捻线，以及几卷或蓝染或红染的植物染线。我的时间紧迫，丝线数量勉强，心情也不胜焦急。面对织机，我唯有一念，便是要直抒胸臆。由于技术生涩，又缺乏可参照的样板，我只愿能像绘画一样，将为数不多的彩色丝线饰于白色的画布上。我甚至做好了不留退路的觉悟：一旦失败，就彻底断了织作的念头。这时我又收到黑田先生的手教，其上只有一句："去追求破格的美吧。"我不解其意，只是将它贴在织机的柱子上日日审思，希求有朝一日能在织布的过程中自然领会。如此，随着织作不断推进，我将一些全然迥异的丝线织到一起，期待能做出新意。

完工的那一刻，已是截止日的前一天。母亲因操劳过度而病卧在床，但看了我的作品，也表示："做得很好，这样你就不存遗憾了。"黑田先生也鼓励我："虽然还略显稚拙，但你尽了全力，交上去试试吧。"我内心疏朗，一心想着尽快回到孩子们的身边。就在这时，我接到了"入选"的通知。

那以后，我在母亲搭建的织机小屋里一力于织作，终于在第四年，将上小学和幼儿园的两个孩子接回身边，过上了母子团圆的生活。所以，我的织物是为了生活、以生存为赌注的东西。倘若身处条件优渥的环境，也许不会有今天的我。

如今手工艺被复兴，我想这是人类试图寻根的心理所致。时代的变革让世风剧倾，我们一时遗失了根。如今，渴望重回自然怀抱的心愿，重又燃起。

我使用的几乎都是植物染线。在母亲的那只木桶中珍藏着的柔顺蚕丝，其植物染的鲜亮色彩让我着迷。曾经有一回，我偶然将自己用化学染的线与母亲几十年前的植物染线一起搭在树上晾晒。凝望着它们，我发现母亲的丝线能与周围的景致浑然融合，而我的染线却显得板涩而生分，两者的差异让我惊悸。后来，芹泽铚介[1]先生的一句话更向我提示出植物染与自然的深刻联系："把植物染的织物丢到原野上看看，两者浑融一体。"自那以后，除植物染之外，我不再做他选。

当然，化学染料的发明很了不起。它的颜色丰富，选择自由，着色牢固，使用方便。但我认为化学染料与植物染料分属两个世界，各具不同的使命。因缘际会下走上植物染之路的我，总是被自然赋予的色彩所吸引，唯愿自己每一天都能更靠近它的妙味之境。

对于蓝染，母亲曾对我说，再没有比蓝染更适合日本女性的装扮了。她说身着蓝染的女性有一种清爽的美。战前时期，她最大的乐趣就是参观各地的蓝染坊，欣赏染色工艺。然而随着时代变迁，如今我只能亲力亲为。于是在白洲正子

---

1 芹泽铚介（1895—1984）：日本染色工艺家。"型绘染"（按雕刻纹样的漏花板即型纸，将防染糊漏置于布面的一种印染方法）重要无形文化遗产保持者（"人间国宝"），获颁紫绶褒章，文化功劳者称号。民艺运动的重要参与者。

女士的推举下，我得到片野元彦老师的指导，建造了蓝染坊，开始亲自建蓝。我牢记"做蓝染要像养育孩子"的教导，努力坚守并培育着蓝的生命。

于我而言，色彩是一种天然配剂，只遵循自然法则。它不是自己花心思调配能创造的。具体而言，在植物的最佳状态时采集，并在最佳状态下熬煮，引出色彩——如此反复中，复杂抑或纯粹的颜色，都在手艺人的经验下，慢慢随心而现。

传统的能剧服装和小袖[1]和服中，有着在日本卓越的染色技术下诞生的美，那熠熠生辉的自然色彩，是现代凭个人能力无法企及的美。我所染织的和服，某种程度上已脱离了现代和服的框架，但与传统的秀逸之作相比，仍显得单薄，而我渴望向那份美靠近。

我经常和年轻人一起，到小仓山附近采集各种植物。某次偶遇砍樱树的人，求得樱木，大家一起把它扛了回来，剥下树皮进行浆染，云霞一般美丽的樱色原原本本出现了。同样的樱木，用开花前砍下的树枝染出来的，是略带红意的樱

---

1 小袖：日本传统衣装之一，现代和服的原型。袖口开合较小而得名。最早出现于平安时代。而桃山时代的小袖色彩更大胆，刺绣和印染也更为繁复，充满时代的朝气。

色，若放置一段时间，有时就染不出那种优美浅淡的红。根据树的特性、采伐时的状态等条件之别，可以看出非常细微的颜色变化。把握和接受这些变化，并能由此表达樱自身潜藏的美与力量，是令人欣悦的。

说到植物，我们以为绿色是最易染出的，但不可思议的是，并无单独的绿色染料，它需要由黄与蓝混合才能得到。黄色用黄檗、青茅、栀子、福木等染成。其中持色最牢固的是青茅，将它用山茶木灰媒染，可以得到带有青调的黄（若用带红调的黄，与蓝混合会变得浑浊），用这种青黄与蓝调和，就会得到非常美丽的绿色。

山茶木灰的媒染剂，既可以树叶也可以树枝为原料，在一年一度修剪叶片的时节焚烧。因为富含油脂，会噼里啪啦烧得很旺。在这种木灰中注入热水，放置一昼夜之后滗出的上清液就是媒染剂。媒染起到的作用是一种很有趣的现象。苏芳的红极富魅力，是女人味的极致体现。有一时期我曾为它着了魔，用明矾、铁、铜等各种媒染剂分别将其媒染，得到了正红、胭脂、紫、赤茶等纷繁的色彩变化。由此不仅可见苏芳极具危险性，也证明她暗藏着多么妖冶的美。虽然每一种色彩都相异，搭配在一起却像至亲姐妹一般自然融洽。

想到它们出自同一种植物，这份相容性也就不足为怪了。

对紫、红、茜色的运用，只是最近的事。虽然从开始研究至今只有三年，那反复出现于《源氏物语》中具有象征意味的"紫"，引我探其究竟。在条纹中悄悄埋入紫线，仅一线就可以创造纵深，紫色才是隐秘着高贵魅力的颜色。

模仿《万叶集》所述的古昔之法，也用山茶木灰作媒染剂来紫染，而以刚砍伐的山茶新木焚烧得到的新鲜山茶木灰，能滤出最为清澄的媒染剂。反之，经过雨水冲刷的山茶木，其木灰往往已失去了生命。

如此可见，有生命力的植物染料对环境极为敏感。越美的颜色越难持久，这或许就是美物的宿命。我虽明白这一点，却仍不断地追寻着美丽的色彩。

织物的底色并不单一，它须由经纱与纬纱交织而成，称为织色。尤其像䌷织[1]，其经纱与纬纱以几乎相同的力度织合

---

1 䌷织：将䌷线以平织（经纱与纬纱交替织入的最基本的织法）织就的丝织物，即䌷织。䌷线是指从疵茧或丝绵中手工捻成的粗而多节的丝线。中文里"䌷"通"绸"，故䌷织一般对应"捻线绸"。本书作专有名词保留原文，特此说明。——中文版校注

成一体，织色也因此营造出统一的氛围。织物的曼妙往往就在这织色中。经纱最为基本，一经构成则不可变；纬纱却是可以自由织入的部分。于我，织色全赖兴之所至，昨天用过紫色、白色，今天心情好就用红色，我的织作是一个可以自由表达自我的平台。经纱与纬纱间的平衡，也体现了织作时的不同心境。

织格纹时，先排竖条纹，再织入同样的横条纹——看久了，仿佛有音乐"主题"般的旋律浮现。试着改变横纹的长度，以此调整织色的浓淡，这些尝试渐渐孕育出整体的音色。已在最初确定好的、取得了纵横平衡的主题该如何展开？追逐、躲闪、聒噪、哑然，方格的种种织法妙趣横生，让人乐此不疲。

对于织线的选择，我也很自由。染色中偶得的色彩，往往给予我灵感。不如说，我是在色彩的启发下织作的。

对工艺而言，材质是决定性因素，选取称心的材质非常重要。

其他领域暂且不论，就我的纺织而言，以由蚕茧抽取出的手缲丝为最佳。因为蚕吐露的纤维富有节律，以人手将这一节律原原本本领受，丝线便依然葆有生命，织成布也不会破坏丝线本身的味道。对于生丝，我也会用稻草灰汁仔细炼制。用肥皂水炼制的丝线显得死板，用灰汁洗过就容易恢复弹力，能感受到丝线自然地呼吸。再以天然染料浸染，会让丝线和色彩都更具生气。奇妙的是，人工与自然材料间很难亲和，用植物染料无法处理化学纤维面料。化学纤维中不含空隙，而植物纤维中有很多天然孔洞，因而具有很强的伸缩力，丝线本就是活的。天然的染料与天然的丝线，在这两大生物遇合之处，人类参与其中——我的工作只尽于此。

今天的展品中有一幅以"根"为主题的合作作品。其所带来的新鲜感让我眼前一亮。"根"属于植物中不可见的部分，它赋予植物以生命力与个性，拥有微妙的形态。从此意义上看，根也在诠释地面上的植物。隐而不露的部分成为原动力，让大地上鲜花盛开、绿叶生长——能够以此为着眼点进行创作，我觉得很了不起。就像生育、养育是女人的天性，我们可以用这种天性培育草木之根。

（1976 年）

色彩与音乐

今天直到黄昏都在与色彩游戏。年轻时的我，更多的是在与色彩搏斗。那时考虑问题更为严肃刻板。但即便到如今，说与色彩游戏也似乎欠妥。该如何形容呢？我词拙语乏，找不出一个贴合心境的描述，却也因年岁的增长，比年轻时更多了一份从容，更大胆地织入各式色系，就像在与色彩交谈、又仿佛游戏一般。有时候，也像在敲击音键，沉醉于丝丝余韵之中。

鸠羽鼠色的经纱幽淡，如一幅色调微妙的画布，用薄鼠、薄茶、薄紫色调都无法准确描绘它。它本是一片温柔乡，任何色彩都可以静默地包容。我倚仗着它的温柔，试着将各种颜色引入纬纱中。蓝自不用说，绿与茶色也相宜。加入紫色会如何呢？果然也很美。那就用它吧——配色带来的快乐，每每搏动于我的心底。

紫色也从略带涩红调过渡到淡朱鹦色调，凭手感将它们一线线织进去。每织入一色，都能听到从布帛中传来微弱的音色。纤细的弦音似乎在寻求伙伴。是这位吗？我试着加入利休鼠[1]，再配以淡紫的晕染——柔和的旋律终于诞生。为了加入一线鲜亮的玫瑰粉，我悄悄在前后都安置了伏兵。鲜亮的颜色只有在阴翳中，才能释放出本色。话虽如此，在这幅织物中，所有的色彩都蒙着一层轻薄的鼠色面纱。或许，那就是乐曲中的升调，或者降调。

最重要的是，每个颜色都在演奏着自己的单音。色彩中也有音阶（也许应称为色阶），哆与咪之间横亘着无尽的微妙音色。古早的日本人能掌握和辨别出的微妙色阶不胜枚举，并创造了许多不可思议的色名。

被称为"四十八茶百鼠"的色名，我百看不厌，常看常新。如此细腻精妙的名称，究竟是什么人想出来的呢？仅鼠色就有一百种之多。如今，我们该如何阐述"远州利休"与"深川鼠"之间的色差呢？"远州利休"本身所营造的氛围与实际的颜色——如饮过煎茶后留在白瓷茶碗底部那一汪暗

1　利休鼠：带绿色调的鼠色。流行于江户时代后期的"四十八茶百鼠色"之一。因令人联想到安土桃山时代的茶人、侘茶的集大成者千利休而得名。与利休本人无直接关系。

沉中浮现出的色彩——两者之间竟严丝缝合，熨帖隽逸，令人赞叹。言及"深川鼠"，首先能联想到江户，随之是对古早深川的怀想。恰是那种颜色，无需任何说明。这份卓越的感受力是日本人与生俱来的。说到茶色，其中不乏诙谐稚趣却难以解释的名称。我们不妨将"路考茶"与"紫鸢"放在一起观察。路考是歌舞伎演员濑川菊之丞的俳号，路考茶色因路考的喜爱而流行，由此得名。这种带有青调与黄调底光的茶色个性浓烈，不好对付，却是很能衬托男性特质的颜色。相比之下，紫鸢的确会让人联想到苍鹰的羽毛，是具有动物性的色彩。但它却并非单纯的鹰羽色，有一抹紫色从底部隐隐透出来，平添层次和纵深，奥妙难言。

而这些颜色，迄今为止我还未能染成。我曾经提过，色彩的纯粹性与独立性是最重要的，这一点，仅通过染线，也能在对材料的发现中体会更深。

换言之，染是为了守住色彩的纯度。在染线阶段，如何从植物中萃取到高纯度的染液非常重要。我从事这一行，过了二十年才终于意识到这一点。它对技术要求极高，而实际要理解这一点，也的确无法省去这些年月。无论对色彩还是对植物，要掌控它们并非易事。再加上女性掌控力较弱的特质，漫长的征程更是必要的。而从理解再到上色，我想还需二十年的光阴。

（1976 年）

瓮伺

在蓝染的白色瓮中注入清水，呈现的水色就叫作"瓮伺"——从事染织这么久，我竟是到最近才了然这一点。一直以来，我误把在蓝染瓮中快速浸染后所得的颜色当作瓮伺之色，如今细想，才知牵强。

倘若一口瓮中包含了蓝的一生，且从摇篮期到晚年，蓝靛的样貌变化不息，那么瓮伺就不会是最初稍作浸染所成的颜色，而应是终末之色。从蓼蓝的栽培到制成蓝靛（蓝玉）的过程，再加上木灰水、生石灰、麦麸的状态，以及建蓝者的心境变化，都会让蓝的生命微妙地相异。与那些以祖传的古法建蓝的蓝染坊不同，我辈只争"千虑一得"，别无他法。因此，无论失败多少次，在彻底掌握之前唯有不断重复。其间用身体记住的东西，则更准确无误。到身体掌握为止，我经历了五六年的苦涩岁月，而除了建蓝之外，还要守瓮、染色，具备这三项，始可称为技艺。

辛苦建成的蓝染液需要日日观照。每天清晨掀开染瓮的盖子，察颜（浮在中央的靛花）观色，通过其光泽度、尝味时的辛辣度、搅拌棒的手感来判断其情状好坏。有的染瓮里发酵出炽烈的蓝气，刚可以染出耀眼的缥色，却转瞬燃尽生命，最终夭折；也有的染瓮里，于每天清晨透出日益成熟的气息，像剥去层层薄纸般静静老去。身为建蓝之人，我每天心绪上的阴晴波动，都会直接反映在蓝液上，故要像怀抱幼子的母亲，不得疏忽，是为守护。偶尔会遇到连续一两个月势气不衰的染瓮，于液面中心凛然漂浮起暗紫色的靛花，此时的蓝处于明亮的青春期，纯白的丝线会瞬间染成群青色；等到充实的壮年期，可以获得温润饱满的琉璃绀；直到蓝靛的成分逐渐消失，每天清除杂质之后出现的瓮伺之色，宛如迟暮的蓝之精魂，日益淡雅清澄。

瓮伺就像清透的海水浸入浅滩边白沙的那一瞬的色泽，是度过健硕一生的老境之色，因而绝不属于年轻人。我们常将久经沙场后老迈之人的精神气比作松风，而瓮伺刚好是具有此种风骨的色彩。

正如深建重助老先生生前所言："瓮伺之色暌违久矣。此色难觅。"其所指的，便是瓮伺的品性。

实际上，我亲自建蓝的七八年来，染瓮中染液的矍铄神采保持到终末的情景，只见过两次。

当是我的修炼不足之故，面对数不清的转瞬即逝的蓝，我心下愧疚。每天清晨，看着染瓮中液面荡漾，如老妇人的发髻般轻巧的靛花开在中央。每次悄然上色，我都不由得想对它致谢："嗨，谢谢你的着色。"将群青和白群这种淡色称为秘色，是谁的主意？为什么会这样称呼呢？一直以来，我以为的秘色，是如谜一般不可思议的颜色。实际上，古人却将这种静谧而深具内涵的色彩称为秘色。

某天清晨，我将浸润在茶褐色蓝染液的白色丝线从染瓮中提起，绞拧后发现，线束没有染上任何颜色。在两个多月里耗尽心力为我们上色的蓝靛，此时已鞠躬尽瘁，一夕便丧失了所有的颜色。那一刻，我不禁想要焚香敬拜。

（1977 年）

天青的果实

—— 臭树

臭树别名臭梧桐、臭牡丹、海州常山，属马鞭草科，是一种落叶灌木，其青色的果实自古就是天然染料。

环抱京都的群山中，蜿蜒着桂川、天神川、纸屋川、御室川等河流，辗转流经京都市内。

臭树常见于这些河流沿岸的树丛。每年，我们为了寻觅新的采摘地，会踏入茂密的林中搜寻大树或者幼木。近年来，这些树林却接连消失，取而代之的，是在河岸立起的一座座白色公寓。

明年可能要走得更远，去往山林的更深处。

每年一进入十一月，臭树的果实里就会蓄满青蓝的汁液，在秋日暖阳的呵护下，一天天酝酿成熟。

每到这个季节，织机前的我总会心神不宁。要不然，今天就出门吧。

此时的自己，内心雀跃宛若少年。剖开青竹的尖头，插入一条 V 型木枝，将它牢牢缠好。臭树的树枝脆弱，用我们自制的竹工具就可以啪地一下折断，从断口散发出一股难以形容的维生素般的气味。臭树之名由此而来。

初夏，形似梧桐叶的碧叶下，开满了白色的小花，是确认果实位置的最好时节。待白花凋谢，不经意间，淡淡的绿色花萼开始抱成一个个团，并日益转红，鼓胀得厚实饱满，如少女的耳垂。很快，花萼开成星星状的大红色垫子，中央显现出琉璃色的珠粒。

到枝头的叶片纷纷舞落的季节，臭树的果实已吸足了秋空中的水浅葱色，就像染瓮中的蓝靛逐渐发酵，青色素与日俱增的过程。

随后的每个清晨，气温渐降，花萼也随之泛出紫红，青色的果实微微发黑。河边的大树上，枝条因沉甸甸的份量而垂落。

我们一行人，足蹬长靴的那一组踏入河中，撑开一个硕大的布单，另一队人马则用事先备好的竹竿，将枝条折落在布单上。等收集了几大袋子臭树的树枝后，再从枝条上的红色花萼中一粒粒摘下果实——这项工作比想象得耗时，常忙至深夜。不时有七星瓢虫、臭虫等一些小昆虫穿梭其中。耗费数日采集到的果实，才刚装满半个托盘。今年已算丰收了。

选一个晴好的日子制作染液。将果实一边熬煮一边用石臼捣烂。熬煮数次后过滤，汁液一滴也不舍浪费。

纯白的绸线浸入热气腾腾的青液中，提起一瞧，颜色已完全附着在丝线上了。

从前，宋徽宗见到雨过天晴的青空之美，命人制出同样的天青之器。前些年，我在台北故宫博物院见到了那件作品，是极为养眼的青瓷。那一刻，我突然联想到臭树果实的青，它不同于瓮伺的淡淡水色，而是带些绿意的青蓝，染上丝线会呈现蜡一般光滑的质感，又闪出如玉般半透明的光泽，一抹淡绿影影绰绰。

高村光太郎[1]曾写过："天空是碧蓝的，但是我也可以说，天空是细腻如丝的。"诚如此言。

---

1 高村光太郎（1883—1956）：日本诗人、雕刻家。初期醉心于唯美主义艺术，后投身于白桦派和民众诗派的文学活动，是日本新诗运动的重要人物，被誉为"日本现代诗之父"。

青空的滴露原原本本融入我的织物中，我能感受到它在渗透、蒸馏。这一切无需任何人类的工巧。随着形的消泯，琉璃的微粒子散发出动人的气韵。

那或许是比色彩更古老的，慈悲的爱。

数千颗果实举着一只只小壶，努力向秋日的天空伸展，汲取天青之色。我的织物偶然地承载了它们的新生。我只是小心地守护，以怜惜之情看着碧玉的滴露在丝线的沟壑里沉浮，又很快浸没于布帛之中。

（1979 年）

织·探访记

西阵

今夏的京都,依然连日燠热。大文字送火仪式[1]将在十天后举行。

西阵织会馆坐落于堀川今出川的岸边,透过七楼接待室的大玻璃窗,能将三面缓然隆起的群山,以及围抱着的京都盆地尽收眼底,俨然一幅天然大壁画。将视线拉近,京都御所的树林之绿、同志社大学校舍的红砖色、低矮的瓦片屋顶的灰色,与沐浴在夏日艳阳下的巷弄街景相映成趣。

在其中一角,东起乌丸,西至西大路,南自丸太町,北

---

1 大文字送火仪式:也叫五山送神火,是每年8月16日在环绕京都盆地群山的半山腰上,用篝火描绘出巨大文字的活动。一般认为它起源于盂兰盆节(迎接祖先魂灵回归故里的节日)的送火活动(为了送走祖先的魂灵在门前焚烧篝火),是8月京都最为壮观的仪式。

到北大路的方圆三公里的地域，便是传承着绵延五百年的传统文化的西阵地区。坐落于京都这座古老都城的这片纺织地域，人口达二十万之众，远超一座地方都市的规模。

作为同行，我也经常出入织机工具店以及丝线店。一直以来，我通过它们了解西阵，却也只能算管窥一斑。

听说我要撰写有关西阵的文章，有人提醒我："你对西阵所知不多，才会有这一想法。西阵是一个非常复杂的地方，探不到底。"事实上，自从着手考察，我便马上意识到自己正所谓无知者无畏。但一步迈出，便不能回头了。

不知不觉中，我竟成了这复杂无底的西阵的俘虏。

以西阵织会馆为起点，我在一天之内走访了七八家负责不同工序的工坊，每一种于我都是新鲜的。似乎有一条看不见的线，以一股强力将我拉到被细分的每个业种的近前。其间，我又查阅了西阵的历史，兴不能止。

然而，西阵这一硕果，无论从哪个方向切入，都会发现它是由各自迥异的细胞构成，我仿佛踏入了一座混沌的迷宫。即便将我见过的一个个断片接续，能架构出一个具备纵深的立方体，却也好像在哪里漏着风。连接每一环的只能是人——意识到这一点，我才似乎抓到了实质。在此，为了呈现西阵的原貌，除了将自己的所见所感原本地呈现，我别无他法。

西阵自古就有这样的说法："织造坊之第一资本，年季奉公人[1]也。""织造坊之生计，在于奉公人。"言及西阵，就不能忘记这些底层的丝道弟子奉公人（年季奉公人）。没有年季奉公人的支撑，织造坊无以维持。虽然衣食住由主人家提供，但无论做多少工，弟子也只能得到一点仅够零花的微薄工资。贫寒之家为了节省口粮，减少家庭负担，会送孩子去主人家做长工，不满十岁的要做十二年，十岁以上的要做十年。

诗人相马大曾经根据一纸长工契约书——"名太吉者自当未三月起至来三月迄正拾贰年限其许江丝道弟子奉公进申候"——展开联想，写出了"西阵的湿暗啊，苦煞人"的诗句，极尽哀切之意。

西阵最怕的是劳工把技术带到其他地区。所以在契约上不允许劳工休假，即便服务年数已尽，也不允许他们在别处从事相关工作。尽管这样，也出现了像绵屋佐平治这种甘愿冒着生命的危险，从西阵盗取捻纱技术，意图在没有织造背景的丹后地区推广绉绸技术的人。这些长工，也就是匠人，

---

1 年季奉公人：有一定年限的契约劳工，长工。年季奉公是始于江户时代的一种奉公形态。

对西阵的产业的贡献不可估量。

生于战后的年轻人，无从想象契约劳工是怎样的存在。尽管日趋衰微，它依然是西阵的底流，以出乎意料的强韧形式传承下来。

下面这段话，道出了现代社会中丝道弟子奉公的心迹。

我自幼家境贫寒，初中毕业就去当了西阵的织工（从 1951 年起，约做了七年）。靠一天织一条腰带的报酬维持生活。织造坊中点着裸灯泡，大家都拼命织作，连如厕的时间都舍不得花。我每天都在昏暗的织造坊与家之间往返，尝尽了织工的辛苦。

在我工作期间，织造坊引进了机械动力织机，就安置在我的工位旁边。它的工作效率是我的几倍。我不想放弃手织机，干得比之前还要卖力，却永远赶不上动力织机的速度。最后实在待不下去了，我便换了工作，七八年间辗转于各个织造坊，学到了各种织作技术。西阵究竟有多少织作技法呢？我下决心要将它们尽数掌握，便开始贪婪地钻研，四处寻访，吸收新的技术。锦、宗教金襕、古裂的再现，等等，每当完成一种织作技法，与之相关的下一种技法就自动开启。如此，到了将近三十岁时，我独立创业，经营起腰带店，同时继续我的研究。

那时，京都博物馆举办了一场中国出土文物展，其中有罗织物的展品。那美简直不像出自人手，我看了非常激动。无独有偶，当时正好出版了罗织物技法的书籍，我便倚借这些资料潜心研究。到目前为止，我已能再现出两三件古罗，也能按自己的思路织出罗织物了。

这些技艺，与在象牙塔里所学的知识迥然不同。它们以生存为前提，是在践行中掌握的技能。可靠的只有自身练就的技艺，彻底地精进，才是让技艺通向美的途径。可以说，在织作中心无旁骛地持续探求的，已不是技艺，而是美。这位织匠设计的罗织机，能在朴素的莺茶底色上织入华美的罗汉松纹金丝。我想，为生存而走上这条路的他，不知何时已将织造化为自己的天职。但他亦有烦恼。在过去，织造的热情来自上方对织部司[1]的指令，而现代究竟要以什么为目标来

---

1 织部司：日本古代律令制度下隶属于大藏省的一个机关。拥有较高的染织技术，从事高级织物的织造工作。同中国隋唐时代的织染署。

工作？这是他依然困扰的。

我从采访之初，就渴望了解西阵年轻一代的想法，甚至组织过一次见面会。当时召集来的有腰带店的年轻店主、经营者、批发店的售货员、织工等，均是在不景气的大环境中努力奋斗的年轻人。其中一位织工说："我自幼看父亲在织机前忙碌，非常渴望有朝一日能替父亲分担。"于是他高中毕业便与织造坊签下十年契约，去当了学徒，唯愿趁年纪尚轻尽早掌握西阵的优秀技术。

如今，社会上已出现了织物授课班，美术大学中也开设了织物科，然而在西阵却没有一间可以学习传统织造技艺的教室，想来也的确不可思议。

但没有比西阵更合适学习织造的场所了。在全世界范围内，恐怕也很难找到像西阵这样有丰富技术的织造业集散地。这里堪称织作的最高学府。对于真心想学习织造的人，这里不仅不收取高昂的学费，还能领取酬劳。

然而，选择这条路的年轻人寥寥无几。这也是令人惊异的事实。以最少十年为限的修业时间，于不见天日的织造坊中，在一经一纬与丝线和织物的对话中度送青春，或许是现在的年轻人无法忍受的。去企业就职或做买卖生意，是更普遍的选择，也理所当然。但没有织工，就不存织物。过去的年季奉公人是西阵的基石，也是其得以在今日立足的资本。我自身就面对着织机，对于匠人的潜力自有体会。

倘若丝道弟子的这条奉公之路，是支撑起西阵的纬纱，那么技术的传承就可谓纵贯西阵的经纱。说起西阵织工基本功的扎实程度，从他们见到过去的唐物织锦与名物裂时，能立刻吸收其技法的事例中就可知晓。用那不自由的花楼织机，竟能织出如此美妙的织物。

历史上的西阵是匠人的世界。织部司以及高机八组[1]的业主们，几乎掌握了与纺织相关的所有技艺。精神上也未有过松懈，为了能随时应对上层的订购，他们不会轻易外出旅行，以期万全。在其背后，是依靠主家维持日常生活、一力于织作的丝道弟子奉公人这一珍贵人才形式的支持。可以说在相当程度上，西阵是一个非常坚固的立方体。

如此历史悠久的西阵，不知从何时起出现了裂隙，也透进了外界的风。

1　高机八组：西阵的高机织坊组织。高机即提花织机。高机八组使用提花机织造高级织物，以较高的生产技术确保其独特地位，以对抗地方纺织业的威胁。

我又拜访了位于太秦一隅的养蚕神社，一处见证了西阵历史的古迹，正式名称为"木岛坐天照御魂神社"。

根据《古事记》[1]记载，该神社供奉的保食神，能从体内吐出各类食物。须佐之男命视其进贡秽物，怒而杀之。遭斩杀的保食神即刻从身体各处生出食物，眉毛化为蚕。

在神社的正殿之上挂着一块久经风吹日晒的绘马[2]。其上，坐于花楼织机前的织女顶上，有一只乘着白云的白狐。这块绘马用来祈祷织造顺利，保证可以及时奉上显贵要人所委托织造的衣料。或许因为灵验，才被供奉至今吧。在神社境内的石垣上立有一块刻着"西阵缩缩缅仲间"字样的石碑，石灯笼上"吴羽讲"等文字依稀可见。这里也同时作为"丝绢商卖的守护神"，受到西阵人的虔敬供养。

从大陆远渡而来的秦始皇后裔曾定居于此，以秦民带来的丝织品为起源，千年王朝文化由此在京都拉开序幕。追溯西阵之源，想必这便是起点。

---

1 《古事记》：日本第一部文学作品，包含了日本古代神话、传说、歌谣、历史故事等。成书于公元712年，由第四十代的天武天皇审定。
2 绘马：在日本神社、寺院里谢神还愿所献的匾额，上多画马。

在古代，家家户户都有织机，以织作自家人的衣物。随着时代的变迁，专为满足当时最高掌权者的衣料要求而发展起的官机织造业，成了西阵初期的骨架。

平安朝的缝殿寮[1]在镰仓时代末期变成同业组织"大舍人座"。进入室町时代，官机织物被称为"大舍人之绫"或"大宫绢"。后来官机渐渐消失，其传统技术却被扎实地继承下来，在玄慧法师[2]的《庭训往来》中就列举出大舍人之绫、大津之练贯、六条染物、猪熊绀、宇治布、大宫绢等名目繁多的染织品。可见在镰仓时代，以猪熊下长者町周边为中心，丝织品的织造曾兴盛一时。

西阵之名，源自应仁之乱[3]时，武将山名宗全率领的西军布阵之地。从染坊出去的街角处立有一块石碑，上书"山名宗全邸址"。若从应仁之乱时算起，西阵有五百年的历史，而

---

1 缝殿寮：负责天皇、皇后衣服的裁缝，以及调查女官品行和尽职态度的部门。

2 玄慧法师（1269—1350）：日本南北朝时代的天台宗僧人，儒学家。被认为是成书于室町初期的《庭训往来》的作者。"往来"为书信之意。《庭训往来》由二十五封书信组成，按一年十二个月顺序排列。主要以武士和庶民的日常生活、社会活动为内容，教授日常交际的应酬语。该书对后世教科书的编辑方法有很大影响。

3 应仁之乱（1467—1477）：发生于日本室町幕府第八代将军足利义政在任时的一次内乱。以幕府三管领中的细川胜元与四职中的山名持丰（山名宗全）等守护大名间的争斗为主。此一动乱使日本进入将近一个世纪的战国时代。

实际再上溯五百年，早在千年之前，孕育西阵织技术的母体就已存在。西阵的织工为躲避战乱而逃到山口、堺市等地，见识到以唐织[1]为代表的外来染织品，他们很快掌握了这一高超技术，正是因本身具备坚实的织造底子。在当权者要求以优美、华丽的衣裳来夸示权威时，当然不忘要时刻保护并培育西阵的技术。于是，其中大舍人座三十一家被选为官机，更有六家被选为御寮织物司[2]，用提花机创制出纹织技术。

其中一家业主，即纹样世家的井关政因，在其所著的《西阵天狗笔记》中写道：

> 上古至今，丝织物极尽所能以工夫织造珍奇品，丝织物名目之多，各色不等，如地合之组，以绫与吴（即平织）二者为本，皆变为地组，右之二种，经丝之多少，机舛之多少，纬丝之太细，经纬丝之捻等各种工夫，付名目之物也。

---

1 唐织：原指从中国传到日本的织物总称。后特指彩色丝线中穿插金银线以织出图案复杂、豪华的织物及其技法。
2 御寮织物司：专为天皇家、公家和将军制作衣装的织部。

简而言之，通过平织与绫织的变化，一切织物都可被织就。譬如纹织的创始人井关宗鳞也是其中的一员，作为艺术家和技术家，他们在织造之路上研求一生，至于白首。

他们将统称为"名物裂"的金襴、缎子、莫卧儿[1]、金纱、间道（条纹）等外来织物与日本的风土结合，并晶化之。对此，那些拥有高超眼力的茶人也功不可没。在室町中期以后发展起来的茶道，在其艺术中赋予卓越的染织品以一席之地，由此培养和提高了整体的鉴赏力。这些外来的名物裂进入西阵，必然会被纳入后者已高度发达的织法中。西阵很快织造出超越这些古物的染织品，为纺织业带来了重要转机。

另一方面，西阵业界参照大舍人座，成立了名为"座"的同业组织形式，拥有了作为权力机关的生产、销售的权利。

在流通机构方面，也形成上仲买、下仲买的中间商制度，出现了被称为上之店的大型和服商。而越靠近近世，西阵的流通机构也越发复杂，行业内的分工也更为细化。

明治三年（1870），御寮织物司制度被废止，三百年的荣光岁月就此告终。曾经为宫廷司掌、将军、大名等有限的上

---

1 莫卧儿：纹织物的一种。约于16世纪传入日本的一种织入了金银丝的舶来染织品。

层阶级采购装束御衣的御寮织物司，迎来了改天换地的明治维新，被无情地淘汰，西阵的最高技术也因此失去了正统的传承。

"家里朴素得很。这样的人家做出的东西不会错。"为我引路的织机工具店的大婶，指着一座格子窗被磨得黑黝黝的房子对我说。位于织造坊大本营的这些房子还能再坚守几十年吧？不可抗拒的时代洪流正步步迫近。

我绕着千本释迦堂，在车子无法通行的窄巷间不觉迷了路。巷弄中，动力织机的声音在耳边喧响，如海浪沉浮于海面，时而汹涌，时而退却……

此地古称柏野，家家户户的老中青三代都从事织造业。哒哒、哒哒、哒哒、哒哒，声波从每户的窗口涌出。撑在动力织机上的红色腰带以肉眼可见的速度被织成，线车永不停歇。站在紫萁（卷纱机）前的是一位老人，年轻人则往来于动力织机之间，主妇在整理织好的腰带，孩子们穿梭嬉戏于纵横的巷弄，仿佛在噪音中游泳。整个街区都在忙碌，无人注意我。我马上发现，这里织造的并非高级品，而是计件工作制下的商品。但这里没有华而不实的东西。此时，有股力量如汹涌的海潮渐渐涨起，向我逼近。

我转街穿巷，不知走了多少路。突然，周围像潮水退去般寂静下来。这时，远远传来机声。不是机器的噪音，而是机杼之声，清晰地从深红格子窗的民宅里面流淌出来。我留意周围，洗衣店、木屐店、药店，皆喧响着这种声音。

在每扇窗户的深处，织机在看不到的地方不息地转动。西阵果然是个深不见底的地方。生在织机中，死于织机下的人生故事，就在这些房子里悄然上演，周而复始。大量卓越的技术，与人一起消逝，唯有身后留下的华丽织物，倾诉着他们没有说出、未见于楮墨的往事。

让我们去叩开一户户西阵人家的大门，一探究竟。

图案　正在举办创作展的西阵织会馆中，我与一位图案师边参观边交谈，得知仅专职于西阵织的图案师就有约六百人。如今依然严苛的师徒制度中，学徒承包了各种跑腿的杂事，从洗笔起步，到运笔写生，要过七八年才能独立门户。这条路的严酷，对女性而言尤其无法想象。展厅内，风格不问东西，从古典到抽象，设计生动而独特的精巧图案屡屡可见。业者会将相中的图案号码与价格写下来，投进招标的票

83

箱里。

纹样设计图　自己选的图案若中了标，要首先与该纹样设计师接洽。设计师会将原图（图案）扩大，对各个不同部位的织作组织、色彩等安排做详细指示。根据纹织的种类，花色的复杂程度，设计用纸（横格纸）也各有不同。在西阵，仅设计用纸，就可达上百种。

采访的一位设计师告诉我，手头正在绘制用于丸带[1]的樱花图案，到制成为止要耗时两年，一朵樱花需要放大至半张纸大小来上色。纹样设计师精通各种织制技术。对于设备装置、丝线的处置以及色彩等，每个细节部位都会附注指示说明书送到织坊。工作性质接近于建筑设计师。这类纹样设计师也是西阵独有，但传至二代之后，也渐渐后继无人。

雕纹·编纹　按照指示将纹样设计图雕画于纹样用纸的工作叫作雕纹，因为有机器的参与，手工雕画已经不是年轻人会做的事情了。除了手工雕、机器雕，最近连计算机都加入进来，且一秒内可以读取一千格，辨别十六种颜色。在一

---

1 丸带：和服腰带的一种，将整块布料横向对折缝合而成，因此双面都有织绣。因较华丽而主要用于婚礼等重要场合。

种唱片形状的磁盘上刻磁，合成组织与图案，再使用打孔机作业，很高效。

用于腰带等服饰的纹纸需要约一万张，而新宫殿北山杉的挂布，仅设计图的制作就花了三年的时间，消耗纹纸三十万张，编纹（将纹纸像铠甲般延绵连缀）耗费了一年的时间。近年来，除了腰带、和服之外，领带、窗帘、缎帐、绒缎、毛毯等装饰领域，对计算机的需求也在不断扩大。

捻线　配合不同织物的质地搓捻丝线。用于真丝和服面料的丝线是捻度很强的八丁捻线。此外还需要使丝线有一定程度的起绉，通过调整搓捻的强弱、右捻、左捻，以使布料产生变化。

我偶然踏入一间制线坊，其深处有一个长约二十间[1]的细长型土间[2]，那里是如今在西阵都很少见的做拉捻丝线的地方。将撑着白线的挂线台放上滑车，一位老人手法娴熟地分理着线束，在轨道上往复。中间还有捻线装置。"无论使用什么样的捻线机，都做不出这种捻度。"老人非常自豪。确实，

1　间：日本传统度量单位。一间约为 1.8 米，二十间即 36 米左右。
2　土间：日本家宅中不铺地板的区域。

这里制成的捻线蓬松而有弹性。

精炼·染色　过去，京都有红坊、赤坊、蓝染坊、茶染坊、紫坊等以颜色区分的各种染坊。如今已不存昔日的面影。在西阵，大批量丝线的煮炼染色由机器代劳。有的染坊可以接受一束线起订的小订单，这样的单子多来自高级和服店。我走访的染坊中，就有这样一家。到访时，只见竹竿上正挂着色调暗雅、接近植物染色的丝线。"我年轻时使用木灰水精炼。就在那个土间的后面烧稻草，趁着火星子还没消的时候一批批浸在热水里，提取木灰水。"年迈的染坊主人站在蒸汽缭绕的大锅前，只取不满一挖耳勺的红、黄、青色染料倒入其中，每放一次染料便染一次线，随添随染。如此染出来的丝线，却始终是白色的。手边的样品线也是白色。见我不得其解，他拿来精炼好的线束让我比较。的确有着明显的不同。染过的线确实上了色，是稍稍放旧的白纸的颜色。白也有层次，准确地染出客户所要求的色彩，是染坊的本事。

整经　如今，整经几乎都交给了整经机，所以当我听说还能找到手工整经的人家，便去登门拜访。这是一户世代织造高雅的缀织¹腰带的人家，住屋颇有些京都商用民宅的独特风格。在房间的角落里有一座泛着黑光的木质整经台，宛若一件工艺品。铺着白砂的台面上并排着约二十个线框，框上卷绕着白色缀线。家中的女主人正麻利地分线、缠线，熟练地整经，整套动作行云流水。手工整经可以根据织物自由地调整宽度和长度；使用整经机，则可以一次完成二三十条腰带的整经作业。

综框　综框织工只在西阵才有，可谓罕见。板间里，作坊主正在制作一种名为"目板"的装置。目板上带有很多小孔，用于确定提花机的穿线顺序及位置。两个年轻人分别从数千条银色综框的两侧一穿一接，配合默契，全无声息。若张嘴说话，一分心便可能搞错数目。

制织　缀织、锦、缎子、朱珍、绍巴、风通、缤织、天鹅绒、本绉织、絣织、䌷织，在西阵，仅接受认定的"传统工艺品"就有这么多种。西阵的织造技法丰富多样，若一一

1　缀织：正式名称为"西阵爪搔本缀织"。最早于奈良时代（8世纪）从中国传到日本，是西阵织中历史极为悠久的技法，也被认为是日本艺术织物的最高峰。特点是以纬纱织出纹样来包裹经纱，因此在成品表面看不到经纱。缀织是一种需要在指甲上刻上锯齿纹，再逐渐编织纹样的各个部分的精细织法。

细数，可达六十种以上。

手工纹织机　偶然拜访的一户人家，曾经织过宗教金襴，也即用于法衣、袈裟、佛具的织物。在古老的花楼织机时代，人需要爬到织机上操作综框。这家的中村花老婆婆是如今为数不多熟悉当时情况的织工，算是西阵重要的历史见证人。现在她依旧会登上一种名为"埋机"，又叫"岩穴"的半埋于地下的织机上，织造紫色镂金[1]。花婆婆十岁起便在花楼织机上当挽花工，点着油灯，从天光未明一直工作到深夜十点。"我把孩子和家人都交给别人照顾，一门心思地在织机上织造。"她的语气淡然。

明治六年（1873），佐仓常七[2]等人从里昂带回了现代提花机，花楼机便渐渐从西阵消失了踪影。

动力纹织机　震耳欲聋的车间里，年轻男女们站立着作业，织布梭穿梭往来，织筘震动，提花机的纹纸上下旋转。转眼间，一条腰带就诞生了。在今日，能操作二十种颜色的

1　镂金：镂织物的一种。镂织物是经纱和纬纱交缠，使之出现镂空的一种面料，透气性好，多用于夏季。织入金线的镂织物则为镂金。

2　佐仓常七（1835－1899）：明治时代的纺织技师。明治维新后，曾作为织物传习生被派遣到法国学习欧洲的纺织技术，并带回数十种技艺和先进设备。

"两十挺"以及引箔[1]动力织机已然出现，手织机在西阵的前景会如何？引箔手织机的织工面临老龄化，可谓后继乏人。

缀　西阵织中唯一没有引入机器的便是缀织。缀织最早采用与科普特织物[2]相同的技法，后在京都发展出更细腻精致的技术。我曾经见过用缀织织就的狩野芳崖[3]的《悲母观音像》，几乎要怀疑自己的眼睛，难以置信那是一件纺织品。透过轻薄的面纱可以看到发饰的璎珞、柔缓的肩部和腰部线条、半空浮玉中的婴儿，无不让人惊叹。那个时候（约1896年）的缀织技术，想必已达到了巅峰。

缀织以指甲为织箔，勾取纬纱缠绕于经纱，织出画笔也无法描绘的图画。即使是相同的图案，也会因织工对画面的理解、手法的灵活度和诚实度而呈现完全不同的效果。例如风景的景深、花瓣的饱满度、笔调的枯淡，等等，一切皆以丝线来诠释。将一根丝线披开，再各自捻成浓淡不同的丝线，

1　引箔：将金或银箔丝织入纬沙的技法。
2　科普特织物：2—12世纪（以4—5世纪为盛）里科普特人制作的织物。科普特人指埃及信奉科普特教派的基督徒。
3　狩野芳崖（1828—1888）：日本幕末到明治时期的狩野派画家。被誉为近代日本画之父。《悲母观音像》为其绝笔之作。

好比在颜料盘上调色，全然端赖织工的手感。

这项工作也以年老的织工为主，但织造坊的主人告诉我说，最近也陆续有一些年轻人来访，对这门手艺表示感兴趣。

梭子店　街角的一块招牌上，贴着各种形状的织布梭。一位身量矮小的老人正在店头专心致志地制梭。由于是全手工制作，因此一个月只能做出寥寥几枚。该店使用九州产的青冈栎木为原料，十年阴干。先将木料做成船形，中间挖空，装入一个小巧的蓝色清水烧[1]穿纱孔。也有的梭子腔内贴兔毛防滑。根据织物不同，可分为手越梭、小梭、弹梭等不同种类。织布梭是织工的生命，因而每一只梭子都倾注心力制作完成。有位诗人甚至曾写下："梭从织工的指尖堆积白雪，是灵魂隐匿于指尖的延展。"

织箔店　织箔也有不同种类。绢箔适宜使用嵯峨的桂竹，因其质地细腻而富有弹性，且结实牢固，即使用小刀划入也不会断或劈。将桂竹放在大锅中煮制，去除杂质后干燥三年，使用时在清水中浸一昼夜，可以削成纸一般薄的竹片，且不会干枯易裂。据说有三百年前的竹子被精心保管，用来制造

1　清水烧：京都烧制的陶瓷器。京都传统工艺的代表之一。

能剧服装中的濡纬（将纬纱浸水，在湿的状态下织作）所用的竹笘。

织机工具店　倾斜的房顶上、屋檐下、天棚以及四壁——这座房子里几乎所有的空间都被织机工具填得满当当的。端坐在综框、五光、绫竹棒、络垛、水振、紫萁（卷纱机）、纺车等织机工具中的老店主，曾热情地跟我聊了很多西阵的旧闻逸话。听说今年四月老人业已作古，心中蓦然感到一丝寂寥。如今在店内，第二代传人正组装、打理着织机工具。

绉·夹缬[1]　条纹、绉、纹织等面料，与腰带相比数量骤减。过去的和服面料御召缩缅（一种先染色的绉绸面料）如今已用羊毛或䌷织代替。做夹缬绉的人家，使用产自秩父的一种名为"峰张"的樱木板，雕出凹凸刻线，再缠上丝线染色，将数张木板叠压在一起固定，根据设计图用脱染的方法进行渗色上彩。做出来的绉织图案非常精致细腻。

绉·手扎　土间中立着两根柱子，绷上经纱，在做好记号的地方迅速绑扎。织工手法娴熟，线束绷得恰到好处，轻轻一拉就可以解开。扎好的线束经过染色、卷绕，在梯子、沙

1　夹缬：一种雕版镂空印花防染工艺。

棒等工具的协助下，缠卷出箭羽纹。是那种非常传统的紫色箭羽纹。

上述种种，是我亲自走访各工坊的所见，相较于西阵全貌，也不过沧海一粟。

何况还有数不胜数的工种。例如原丝工、金银丝工、金银箔丝工、二支纱店、织补、除渍，等等，附属于织机行业的相关企业遍布整个西阵。在西阵，甚至还有可以用丝线作抵押的金融机构。

如此庞大的织机产业，纵横于红格子窗的巷弄之间，延亘于古代至现代的悠悠岁月，令人不胜感慨。西阵的一代代工匠在这千年时间里，经历过战火，遭受过天灾，曾四处离散，也承受过法令的制约，以及经济低迷的苦楚，却仍誓守丝线为生，他们的顽强、执拗以及野心，值得我们深思。

日暮时分，北野神社附近的市场人潮涌动。骑着自行车、后面驮着千卷（织机工具）的阿叔，正将大量染好的丝线装车的年轻人，抱着和服面料的包裹匆匆赶路的阿婶……他们都因一条丝线而彼此牵连。千年历史的重量，深深沉于西阵的根底。

西阵织物工业组合事务局局长高桥孝三先生，对西阵的现状做了如下介绍：

西阵现在正刮着两股风暴，一个是经济低迷，另一个就是和服危机。

近年来生丝价格极速上涨，韩国、中国的生丝虽然价格相对低廉，但进口事业团体为保护养蚕户而主张一条龙生产，所以进口受限。但是，根据关贸总协定 GATT 的条款，对未染色的白布料必须开放进口。过去经济好的时候，韩国从日本学去了技术。如今，日本又以便宜的价格从韩国进口白布料。至于不景气的原因，从原料成本上升、生产调控失败、流通机构的不合理到消费者减少等，非常复杂。

西阵过去就有一说:"组织也跟暗疮一样，大了就会溃烂。"现在的西阵就是如此。规模太大了，该溃烂的溃烂，做得好的才会活下来。但这不是说做贵重的艺术织品才能活下来。作为一种产业，需求的对象范围很广，能灵活应变才有出路。为防止牵一发而动全身，以京都人的智慧，不只是西阵地区，京都其他地方的传统产业都形成了分业制。但事实上，这种分业制发展至今，也因过于细化而出现了相应的问题。

西阵织物工业组合中，如今共有一千五百名社长以及三万名从业人员。如果将它看作是一个公司，在全国的销售业绩能排在一百位上下，西阵织会馆也就相当于其本部。

当我第一次站在西阵织会馆七楼的接待室，就感到会馆与西阵街区相隔的空间里，贯穿着一股莫可名状的时风。如今，肆虐于西阵上空的这股经济萎靡的风暴，将刮向何方？不可否认，在战后三十年的重建时期，飞速发展起来的企业团体，制造了一个漩涡洞。

我采访了几家在不景气的大环境中依然要养活众多员工的工坊，他们的想法可总结如下：

如今在西阵，该来的还是来了。漫长的历史发展下，西阵经受过各种考验。这里的织品在从古到新、从贵到贱的两极之间浑然杂居，相辅相成。如此大规模的织造业态能够延续五百年之久，靠的也是这一点。

如果西阵只有为了美的织物倾注心力的匠人，那么很快就会消亡。就像果核被厚实的果肉包裹，心系西阵的传统、为其未来深深思虑的人只占极少一部分，在他们周围有很多织造产业，不自觉地起到了守护的作用。

据说在西阵，百分之九十的人不知道正仓院。可是我走访的人家，明明家中都可见艺术类书籍——当我提出这一事实企图反驳时，对方却说："你走访的是那百分之十的人家。"另外，在织造坊中看不到数学。虽然以数字排版会非常清晰易行，他们却都是依靠身体，以手和眼睛来记忆。因而，西阵很少留下文字记述。以直觉掌握的技巧难以言传，更不是计算机可以录入的东西。也有人表示："如今除了双手之外，匠人以织物为起点，成为企业家、编导，用身体感知匠人辛苦的人越来越少了。我们为了阻止这种趋势的蔓延，哪怕自身体量很小，也尽可能实行全套流程，囊括全部工序。为做出独有的产品而苦心经营。"

浅野织物的浅野宏先生则这样表示：

约从十年前开始，我专门收集印加和正仓院的古裂，整理录入组织图，将纹样进行分类，由此研究人类创意设计的规律性。我渐渐意识到，一件织物包含了一个国家的风俗、宗教、文化，也即一个民族、一片风土的全部内涵。一个民族在经历悠长岁月而最终淘汰的纹样——譬如克什米尔织物——即便再美，即便他国以自身的高超技术去复原它，也只能是模仿。由此也让我意识到一个事实：从我们自己的民族中孕育出来的纹样，切实存在。

他给我看了那三百年前的克什米尔羊绒织物，据说其复杂多变的纹样没有任何图样记载，完全是通过口口相传，以口诀织成的。那俨然就是一篇织物经文。它并非因古老才美，而是因与诞生的那片土地以及人的心灵牵连，才成就其美。而设计图再精巧，终难以企及精髓。

最后，我拜访了喜多川平朗先生。喜多川先生的先祖名号俵屋，据说在庆长年间（1596—1615）就已开始织造唐织、能剧服装等织物。

老先生曾于昭和初期参与皇室大典的服装制作和伊势神宫迁宫的相关工作，进而研究起宫廷及官服织物。当时，初代龙村平藏先生正在进行名物裂的复原工作。同时，艺术审美水平较低的一般民间染织，也终于迎来了迟到的古典复兴时机。

喜多川先生决心"为这条道路奉献终身"，向宫内省上书请求，获得了正仓院藏品晾晒的参观许可，那些藏品在当时是不对外的。他由此得以初次近距离欣赏正仓院的染织品。一千二三百年前的染织品之精妙深深打动了老先生，激起了他以自己的双手复原它们的创作热情。喜多川先生从此一力于古典的复原，至于今日。这天，我得以拜见由他复原的"牡丹唐草金襕""鸟兽纹缀锦""贝蔷薇文繻珍"等作品，亲睹了现代织物远不能及的艺术境界。那个时代，师徒制颇为严苛，也培育了一批技艺高超的工匠，为他复原古裂的工作带来了优越的条件。

喜多川先生表示：

　　如今的时代，想要保存这种特殊技术，何其难也。西阵如果真正能够在这种不合时宜，换言之就是只赔不赚的工作上下功夫，或许能织造出世界一流的织物。然而一旦错失时机，便为时晚矣，因拥有这些技艺的工匠都已年过古稀。

现在，我经常考虑的是实用与美在经济上的结合。

"织"，织物以用；

"识"，审美意识；

"职"，职业以为生计。

如何将这三个不同偏旁的汉字所表达的"实用""审美""生计"与自己的工作结合并灵活地运用？这种以发扬古典织物的技术为核心的价值观，又应当被摆在什么样的位置？都是我有义务去思考的。一度失传的艺术，想要再次拾起，谈何容易。

老先生的工作间里，正织着皇后的御袍。边上是一条织好的古代官服纹样的腰带。这条腰带，无疑彰显了老先生所恪守的那三个字。过去只有皇族和贵族才能使用的官服纹样和袭色目，在他的改良下，得以在当下焕发生机。可以说，为使我们也能穿用那些古雅高贵的纹样和色彩，他始终保有一种通透与灵活，并运用于作品之中。

从一国的风土和文化的悠悠岁月中磨砺出的纹样，才最适合生养于那片土地的人。铸就王朝文化的官服纹样和袭色目的美，只有在日本这片国土上，在这四季流转的京都才会开花。

西阵，正是其中的一朵。

弓滨

经历了漫长岁月，大自然在伯耆国[1]的海面上架起一座美丽的拱桥。不知从何时起，在拱桥另一端的小镇上，妇女们世代织起温柔的絣纹。

长久以来，我如此思慕着弓滨絣，殷殷期盼着能亲自走访考察。

从米子市通往境港的海岸勾出一条悠缓的曲线。初夏的阳光洒在海面上，水波潋滟。横卧于浅滩边的渔船和罐头工厂，飘浮着渔港特有的气味。从境港打捞上岸的鲜鱼，通过鸟取县唯一的一条四车道公路被运往各地。作为产业的运输

---

1 伯耆国：日本古代的令制国之一，俗称伯州。位于现在的鸟取县中部及西部地区。

道路，它绵绵一线，直通向国道九号线。

天气晴好，伯耆大山却依旧隐于茫茫雾中，不得一见。

过去，这一带也叫作"夜见滨"。白色沙滩逶迤不断，和青郁的松林在半岛上簌簌作响。半岛如一座天然栈桥，将海面一分为二，东面是美保湾，西面是中海，与远处的岛根半岛遥遥相望。

根据《出云风土记》[1]的描述，神祇曾以弓滨为绳索，大山为定桩，一边呼喊着"国来、国来"，一边将北陆都都海岬的多余疆土拉到了美保海岬。这片土地拥有被自然宠爱的阔朗风土。

然而对当地居民而言，这里的丰饶未必是理想的。首先，沙地不适宜种植稻米，也无法依赖水运，农民只能下苦功，栽培适宜沙地生长的棉花。弓滨没有天然河流，但因东西环海，使得地下水位较高，那里的人便在棉花田中挖井，汲取井水灌溉棉花以及其他农作物。这是高强度的劳动。最终耗

---

1 《出云风土记》：记录日本古代出云国（现岛根县的东部）文化和地理的地方志，包含当地地理、历史、农业、神话与民俗的丰富资料。在元明天皇命令各国编撰的文献《风土记》中，这本被认为是目前保存最完好、艺术价值最高的一部。完成于 715 年至 733 年间。

费六十年，修建出一条迤逦十九公里的水路，从中部山地拥有水源的日野川水系一直通到北端的境港。农民们对水源的渴求可见一斑。

从文化、天保年间到明治初期，是棉花生产的鼎盛时期。

棉花的出产，被认为是孕育出弓滨絣这一木棉织物的必然因素。但实际上，伯州棉由于单纤维较短，富有弹性，非常适合作为棉被的内芯絮，却不适合用来纺织，所以农民们改以手纺纱的方式制线，织出来的成品风格雅致，手感温和，才由此兴旺起来。

针对弓滨絣的发祥也说法不一。在宝历年间，米子市的车尾乡已经能够制作出绞木棉，故多认为弓滨絣的前身滨目絣是从此而来。还有一说是，同样在宝历年间，越后地区已经掌握絣织技法，所以絣织是越后地区出港的北前船在停靠弓滨前端的境港时带来此地的。另有一种说法与之相反，认为弓滨絣是从萨摩传播到北路地区时沿途留下的。无论哪一说，絣织的传播路径，本质上是一条点灯之旅，在被其吸引的人中一路流传。

弓滨絣织在当地稳固并迎来鼎盛期，是在幕末到明治中期阶段。除了上述地理因素，更重要的是伯州棉本就是贫苦农民的生活必需品。人们唯有以自给自足的方式为自家人织作衣料。朴实、灵巧、吃苦耐劳的当地妇女利用农务和家务劳动的间隙，纺纱扎线，请人蓝染，在织机上织造出家人的和服和睡衣。

这里的孩子听着祖母和母亲的织机以及手纺车的音律"摇篮曲"长大，少女们从记事时起，在照看弟弟妹妹的同时，也掌握了纺纱的技能。最初，她们纺出的纱线粗细不一且多结，只能做纬纱，渐渐熟能生巧，便能纺出富有弹性、结构紧致的纱线来。这时，母亲会煮上一顿红豆饭，祝贺能够纺出经纱的女儿。到了十三四岁，少女们就要上机学习絣织技法，无一例外。就像祖母和母亲们那样，为了在嫁入夫家后，能让丈夫和子女穿上漂亮的絣织和服，她们在每一根絣线中都倾注了自己的美好寄望，日复一日地织作。当地人相信，絣织是用心织造的，若有一丝邪念或犹疑，都会被织物捕捉到。

农家为了织出自己穿用的衣料而不断精进织造技术，到了藩政末期，农民已完全可以将絣织物作为副业产出。明治以降，这里的织物逐渐传到大阪和京都，以与久留米絣[1]截然不同的优点，即手纺纱的独特风韵和质朴的温厚手感而受到欢迎。于山阴地区的风土中孕育出的温柔的弓滨絣和服，京都和大阪的妇女是以何种心情穿着在身的呢？不禁叫人浮想联翩。

絣织从此成为农家的重要收入来源，甚至成为女孩子寻觅姻缘的条件之一。而能够织作出精美絣织物的女子，也被普遍认为性情温良，眼明心细。

藩政时期，政府曾颁发政令，规定农民不得穿棉织物以外的布料。丝织品只有"大庄屋"[2]身份以上的町人，或拥有"独礼"[3]身份的百姓才可穿用。从庆典正装到务农装，甚至被褥铺盖，一般百姓都只有棉织品这一种选择。一方面，百姓对这种自织品有很深的依赖；另一方面，自织品也无言地透露着贫穷的身份，被轻而远之。随着纺织业的飞速发展，它

---

1 久留米絣：为福冈县久留米市及其周边的旧久留米藩地区的絣织物。日本三大絣织之一。久留米絣的技法在1956年被指定为重要无形文化遗产，1976年被指定为传统工艺品。
2 大庄屋：江户时代负责地方行政的村官之一。负责管辖数个乃至数十个村庄，以传达法令、分配年度贡品和调节诉讼纠纷。
3 独礼：典礼之日被允许单独谒见藩主的身份。

们逐渐销声匿迹。

二战以后，自织品曾有过短暂的复苏，却很快因面料供应有所好转而再度被遗忘。仅有几位工匠坚持织作，却也年事已高，更让存续变得岌岌可危。

然而，经历历史变迁和岁月洗礼，手艺的种子依然会被播种，会生根发芽。传统不会轻易湮灭。只是，若没有人真心发愿救助并付诸行动，我们或许无缘得见弓滨绯的真容。

距今二十多年前，我第一次在民艺展上展出自己的绌织作品时，一位名叫稻冈文子的女士在同时展出了一件弓滨绯织物：梅与鹤的纹样，质朴而温柔。那时，连弓滨这一地名都未曾听闻过的我，却将弓滨绯的美深深刻在了心里。稻冈女士对这件作品的诞生经过是这样描述的：

在我们家乡，以伯州棉为原料，手纺纱、手织的绯织物由来已久，虽然从明治末期开始变成机器纺纱，但包括绘绯[1]技术在内，绯织却也细水长流地活了下来。只

---

1 绘绯：绘图式绯织，运用半箴台、种子线描绘绯织图案，再以种子线一束束捆扎防染制织。此种织法可以织出较为精巧细致的图案。

是，这种繁琐费工的做法最终没能逃过渐渐被埋没的命运。1957 年，有人通过师从于柳悦博先生的长女找到我，商量要复兴这门技术。我出生于商人家，没有任何织机的知识，对前景也毫无把握，八十岁的家母却是个热爱织作胜过茶饭事的人。于是我与母亲一同开始收集样品作参考，挨家挨户拜访，寻求材料和手艺人。我们还走访了附近乡下仅剩的几家蓝染坊，想订一些正蓝染，无奈却处处碰壁。眼看着好不容易扎好的纱线无法染色，不得不放弃的时候，我突然想起一位老婆婆提过，出云广濑的蓝染非常好，便立刻动身去拜访天野先生。万分有幸，天野先生答应给与协助，为了寥寥三幅絣织面料，特意为我们建蓝。承蒙他的热心和善意，弓滨絣织终于得以再现。（《民艺》杂志第 144 号）

这次，我在境港市拜访的弓滨絣织匠岛田太平先生，刚巧就是这位稻冈文子女士的长女婿。

岛田先生搜集弓滨絣的古旧和服、未经缝制的老布匹甚至布头，坚持着复原和研究工作。然而在世的几位熟悉这门手艺的人，平均年龄也都已超过八十岁，再培养继承人绝非易事。

如今，虽然经过改良的伯州棉已可以重新适应沙地土壤，棉纱本身却不再像过去那样有韧性，织成的布底也失去了张力。沙地的月夜中依然散发着白天的热气，过去的农民整夜运水浇灌，那些棉花曾是他们辛勤劳动的结晶。现在的棉花究竟哪里不对呢？由于伯州葱和烟草叶的种植利润上升，棉花种植正不断被挤压，只能使用一部分印度棉来弥补供应的不足。根据1975年度的调查报告显示，米子、境港、西伯郡淀江町等地加在一起，有十家企业共、一百二十名从业人员。这十家都属于家族工业体系，由于费工费时，无法实现量产，也不应对其抱有期待。

不得不承认，对织造从业者而言，现实摆在面前，不容乐观。首要的就是保障棉织物这一属性，使用手纺线、手工扎线绯纹、蓝染——如今，只要具备这些条件，就可算是很好地维持了水准。

不仅是弓滨绯，维持手工艺纯度的基础正面临崩塌，已成社会发展的趋势，如何守护传统工艺的本来面貌，对当事人而言是一个现实问题。归根结底，如何能够吸引制作者的兴趣，引领和支持他们在逆流中站稳脚跟，才是最重要的。

我一边听着介绍，一边逐件欣赏岛田先生多年搜集来的弓滨绊织物。穿旧了的、洗晒过的手织物的柔软触感，萦徊着恳切的低喃。不曾谋面的妇女织作的布料的分身，像一位久寻的旧友，令人亲切。我的手掌像一块磁石被吸附在布料上，久久不能放下。

其中一块布料，是岛田先生在驱车前往米子的途中偶得。他见有人在烧被褥，并注意到其上的飞白花纹，马上下车去灭火，跟对方讨了来。粗粝的手纺质地上白色与绀色的竖粗条纹，因较短的纬绊而突然中断，又各自转向。那种几近粗率的图案，毫无媚态，亦不存都市的羸弱感，干脆爽利，反而造就了更纯粹的美。近百年来，它始终守护着当地人的睡眠，此刻完成使命，在即将化为灰烬的瞬间被救了下来。我的手下意识地抚摸着布料："你活了下来，让我有幸见到你。"布片虽小，也有生命。它们并不微弱，反而老当益壮。一片残帛的生命力，与制作者的生命丝丝勾连。

另有一块浓绀底白细格纹的布料，格子间点缀着一个个微小漩涡。乍看像是忘了收走的蚊香，正恍惚要伸手去拿，它又仿佛看透了你似的，猛然间显回原形，十分活泼俏皮。只有一点五厘米见方、透着凉意的蚊香图案虽小，却极考验织造技术和手法。而由约一毫米的小圆点构成的漩涡，在点与空间上达到绝妙的平衡。一旦圆形有一点缺损，大小有一丝偏差，锁住你目光的这个世界就不复存在。当"省略"被运用到如此境界，那微小的一点无疑已成为宇宙的一点，成为确切的音色。于山阴之地织作这块布料的那位女子，是从何处盗取了如此轻妙洒脱的图案？是否在天光未明的寂静中，忽然看到蚊帐的一角而触发了灵感呢？我生出遐思，仿佛是她在为丈夫和孩子用心织作衣衫时，忽遇神助，把她带入一片雪白的境地，促使她成就了这件织物。如今，手艺人用精密的量尺也能织出极为纤巧精致的绐纹。但在过去，她们有的只是最朴素的量尺——对家人的思虑。

"见到这样的织物，只觉得手足无措，没了继续工作下去的勇气，"岛田先生坦言，同时又表示，"但也正因为有这样的作品存在，才会觉得再辛苦也要继续做下去。"两种态度看似矛盾，我却非常理解。互相牵引的两股力量，在创作者的心里悄悄碰撞，相互倾轧，直到迸出火花，真正经得起考验的作品才会诞生。

岛田夫人正在一旁四处电话联络："府上祖母的务农装，

就是那件毗沙门龟甲，可不可以借给我们看看？"放下电话，她告诉我说："对方说那件衣服脏了，答应洗干净以后明早会送过来。"第二天早上，家住附近的主妇们抱着衣物相继来访，有母亲留下来的旧和服，也有拼接过的上衣。每个人都神情狐疑，不理解为什么有人会对这种破旧的手织物感兴趣，却一脸欣喜地回答我的提问，聊起织物的来历时，话语间透着自豪，譬如拼出这种龟甲纹很费事啦，茶具全家福的图案在当时是很高级时髦的样式啦，等等。走之前，她们又把织物留了下来。

我将它们一一捧在手上端量，发现经纬纱几乎都是纤细的手纺纱，且多以祈祷家人安康的吉祥纹样为主。以龟鹤、松竹梅为代表，还有熨斗（有贺饰纹）、扇面、鼓、象征着出嫁的女儿能够在夫家生活得安稳幸福的船锚、代表生育男孩的在松枝上展翅的雄鹰、寓意上学读书的小野道风[1]、二十四孝，等等。另外还有逐渐变迁的世相风俗，都自然和谐地融

---

[1] 小野道风（894—966）：平安时代的贵族、书法家。平安"三迹"之一。在摹仿王羲之字体的基础上，形成独特的娟秀字体风格，为"和（日）样"书法的奠定人。此处指以他的书法风格衍生出的纹样。

入到絣织图案中。弓滨人的生活就生息在这些织物里,像在同你拉着家常,亲切又不失底蕴。

我还拜访了附近年长的老人家,参观挽线和种线的制作。

一位年近八十、气质高雅的老妇人正在屋檐下卷棉片。只见一升方斗倒扣而置,她将盈手可握的一把棉花放于其上摊平,再卷入笔杆状的卷芯上。卷好若干支,就可以上纺纱机来挽线了。老妇人在手纺车前坐定,悠悠转动着把手,匀整的动作宛如计量仪般精准。似握非握的雪白棉卷,不徐不疾,以一定的节奏和速度从她手中流畅地拉成线。"布依——布依——布依——呀",纺车在这时戛然而止,纱线便卷上了纺锤。因纺车低柔的"布依"声,这里便把纺车叫作布依。这一串沉静的动作中,仿佛暗含着关乎伸缩的无穷秘密。在纺车的律动下,一位老妇人苍老的身影愈发清晰。夕阳的光线也凝定在这幅画面上,像要把过去的时光都收拢于这一刻。

背对着洒了水的小庭院,这家的男主人正埋头制作种线。将纸板样置于绷着雪白棉线的绘板上,用硬毛刷一丝不苟地刷墨和标记。同样的位置要仔细地刷上数遍墨,但凡有丝毫偏差,都不能成其为绘絣。

从前有专业的种线店，可以从中买到心仪的图案。母亲为将要出嫁的女儿织作和服，想必都是怀着一种特殊的心境到种线店来选购的。

　　刚才那位老妇人将一件上衣像宝贝一样抱于胸前，拿来给我看："这是我婆婆的母亲织的，本来是件和服，渐渐穿旧破损了，我就改成上衣来穿。"用纤细如丝的手纺线织成的松竹梅图案，不拘一格地缀于清雅的蓝中，简素又可爱。可以想象在她初为人妻时，婆婆将母亲当年织给自己做嫁妆的絣织衣裳又送给媳妇，媳妇穿着它下地务农、操持家务、养儿育女。如今，衣服跟妇人一起老去，只剩下了一半，但当它包裹在老妇人身上时，年轻的媳妇便在一旁道："婆婆一穿上它，就显得特别美。"我想，这件衣服已成为老妇人肌肤的一部分，从青春岁月相伴至迟暮的老年，有生之年也会一直温柔地呵护、包容她的心。正是这样的衣服，增添了女人的美。

　　在我们的一片赞叹声中，媳妇有些不好意思地表示："我也有。"她从衣柜中取出一件絣织上衣。这件老织物出自她祖母的婆婆之手，已有百年历史。同样原是完整的和服，因破损了一半，而用余下的那一半做成了上衣，被她当作外出服穿用。婆婆这时说："你穿上它也看起来特别高贵呢。"像是回敬媳妇先前的赞美，令人莞尔。确实，十字形的几何纹样透着一种不容侵犯的气质，也很现代。近于墨黑的浓绀在经历了不知多少次水洗后变得更清透，白色部分也愈发醒目。黑白间的对比，像细腻而冷冽的瓷器的肌理，散发出高贵品性。与转瞬即逝的流行和其导致的随手丢弃的消费时代相比，这里的妇女们穿用的絣织衣服竟绽放出如此异彩。在这两件衣服上，我似乎看到了弓滨絣织的顶点。

岛田先生的工坊分为两类，一是使用手纺线，采用手工捆扎、在手织机上织造正统弓滨絣的工坊，另一个是使用工业纺线，上机织造商品类织物的工坊。

岛田先生坦言："把布变成钱，比把线变成布要难得多。"此言不虚。织物一旦离开制作者的手而面向社会，就要接受金钱的衡量。从纱线到布匹，年轻姑娘花两三个月就能完成，而从布匹到金钱，可能两三年都不够，至少需要十年。而十年之后，面临的问题可能已变成"如何使用金钱，比把布换成钱更难上加难"。

为了将高纯度的工作维持下去，手艺人也需要相应的"助手"来成全。换言之，手纺线对应工业纺线，手织机对应工业织机，天然蓝染对应化学蓝染——这就像一辆车的两只车轮，应相辅相成，在相互保持均衡的基础上运作。工业化作为手艺人的助手，虽会暂时霸占先导的位置，甚至拉开距离，但只要手艺人身后有正确的手工艺理念支撑，依然可以重振旗鼓。当经济这一原动力源源不断地从工业化方式注入手工艺，车子便可安稳前行。

踏入工坊时，一位身穿牛仔裤的娇小女子正在巨大的整经台前，麻利地用长长的整经梳梳理着纬纱。工坊里有五六台手织机，有人在默默组对绊纹，操作机筘；有人在用浸湿了的粗麻捆扎绊线；还有人转动着手纺车，在纺纱制线。全都是年轻人，专注着手里需要耐心的工作。岛田先生告诉我："手纺线的工匠渐趋老龄化，我们非常渴望年轻人加入，来传承这项事业。幸而确有这样的年轻人出现，令人欣慰。但是否真的能坚持下来，我们，甚至包括他们自身，都没有太大的信心。"

其实，我的工坊也有类似的情况，因为想自己缫丝、纺纱而备齐了相应设备，年轻人却很难坚持下来。虽然流水作业是我的理想，但包下从手纺纱到完成织作这一整套工序，并不现实，经济上也不允许。据说织作弓滨绊织的老人手工纺纱挽线一个月，至多也只能换来一万日元的收入。若是纺纱成本数万，那弓滨絣织物的价格就变得不合理了。但如果没有人愿意去纺纱制线，这项工作更无从谈起。农村的妇女，如今也有不少比纺纱收入更高的工作选择。

扎线也是同样，譬如顾客对图案提出的要求，是花哨还是素淡、一个织幅要两片麻叶还是八片麻叶，费工费时的程度会有云泥之别。岛田先生表示，尽管无法企及过去的做法，但是至少想回到两毫米的捆扎间隔。这需要付出多少辛苦呢？仅仅捆扎就耗时半个月，且手会发麻，关节会痛。而即便捆扎完成，那些微小的点还需要经纬组对，一匹布全长十二米，但凡一点疏忽便功亏一篑。

这样的手工艺，维系之难可以想见，更不可能与经济问题简单地切割。

恰好在1974年5月25日，政府颁布了《传统工艺品产业振兴相关法律》，弓滨絣织在其涵盖范围之内。

一、传统工艺品名称 弓滨絣

二、传统技术或者技法

（一）应以下述技术或者技法进行织造絣织物。

1. 使用染色纱线的平织手法

2. 絣线用于纬纱

3. 絣线应以手工操作组对出图案，织出纹样

（二）絣线的染色方法要依照"手工捆扎"的原则。

三、传统上所使用的原料

使用的纱线应为棉线。

四、生产地区

鸟取县米子市　鸟取县境港市　鸟取县西伯郡淀江町

　　传统工艺品的未来并无保障，我只愿产业式的统一化不会让弓滨絣失去本来的美。譬如我们发现的美丽的弓滨絣织物，不仅有纬絣（即绘絣），也有经絣、经纬絣等，但国家认定的却是纬絣。在现行的经济体制中诞生了传统工艺产业法，对于它保护弓滨絣的意图我并无异议，但在如此确切的规范框架中，日本的手工艺该如何传承给下一代呢？我们的后代所继承的，只能是框架之中的东西。我担心的是，虽然规范可以避免滥竽充数，但从前的妇女们织造的弓滨絣，也将与传统产业法中所指涉的弓滨絣渐行渐远，如夜空中的星星那样遥不可及。我以为我们这个时代背负着一项使命，即要为下一代留下一些健康强壮的好苗子。为此，我们每个人

都要尽微薄之力，也要认真地观察事物的发展趋势。

仅是短短五六十年前的农妇，在繁重的农活家务间隙，为何还要坚持这样辛劳的手工艺呢？他们的务农装或睡衣夜袍，素色也好，条纹也罢，其实并无人在意。若真是苦闷乏味之事，恐怕早就放弃了。将野草或小鸟的图案织入絣纹的时候，她们一定在疲惫中也感受到了快乐。想象穿上它们的人的笑颜，也是一种慰藉吧。北越地区的上等麻布，那种可以穿过天保钱币之方孔的细软面料，布面上也织进了炫目的十字絣纹。

岛田先生有一句形容弓滨人的妙语，说他们是"富足地贫穷至今"，而这样看，如今的我们可谓"过着内心贫乏的富足生活"吧。

今年夏天我在走访了弓滨之后，又生出参观久留米絣的强烈愿望，便很快动身。久留米絣比弓滨絣规模更大，需求也更广，原料上自然不得不依赖工业纺线。而从絣织的技法、几何纹样的多样性等方面看，久留米絣的确让我感受到了深度。松枝玉记[1]先生重新创制的纹样带着独有的诗情韵致，也让我记忆深刻。但了解越深入越会发现，久留米絣如今在传承、工艺纯度的保持等问题上，同样面临着严峻考验。

当我在大分县日田市的一座老宅中，目睹了主人收藏的众多久留米絣织物时，被它们放射出的力量强韧之美所深深折服。那股力量使它超脱了布料这一平面，纹样不仅具有造型感，数学上的精密程度也令人惊诧。无法想象它们出自每天忙于家务和农活的主妇之手。长两米、宽一米五的被褥面料上，整面浮凸着绀白对比的马赛克式絣纹。这种纵深无限的絣织图案源自印度，不仅在日本的民族文化中扎下根来，还让人感到有源源不断的活水从底部涌出。这些织物讴歌着日本特有的简洁、清冽的感性。这种造型能力并非从建筑学或美学中来，而是从每日可见的城阁和石垣中，通过眼睛和双手来准确掌握。絣织的技法稳健而成熟，几何纹样在布帛中筑起一座座城池。

此外，还有传入仓吉、伊予、丰后、萨摩、河内、大和、

1　松枝玉记（1905—1989）：久留米絣技术保持者会会长，重要无形文化遗产久留米絣蓝染部门的技术保持者（"人间国宝"）。

近江等日本各地的絣织技法，诞生出五花八门的纹样，包括天地自然、动植物、生活用具、传说、谚语、名胜、玩具、徽章，甚至一些抽象图案，同时也用到了组合，诸如翠竹配鸟雀、波浪配玉兔、芦苇配鸿雁、月夜配杜鹃、垂柳配飞燕、骏马配风车、枫叶配流水等，将日本的风雅直接呈于布匹上。

织出它们的日本农民，性子谦退，以默默的践行培育着博大精深的文化。他们为让亲人穿上舒适美丽的衣服而穷尽心力，将身边的自然风物以诚实、率直、思无邪的心境织进布匹中。这些心地善良的农民坚实地支撑着日本文化的基础，为后人留下了宝贵的遗产。

在日本，恐怕无人不爱绀絣。不论男女，身着绀絣的日本人皆美。因日本人的样貌表情与绀絣如此相得益彰。秋风起时，披上尚留有淡淡蓝草香气的絣织和服，臂腕穿过袖笼的那一瞬间，顿觉内心如洗。从年轻时起，我就喜欢穿黑色系的琉球絣织和服，衣上有流水潺潺，也有鸟飞花绽。

琉球堪称絣之岛。那里有一种称为"手结"的絣织手法，因是由大量错位排列的纹样构成，相较于绘絣等技法，制约较多而不自由。换言之，这种织法不会给人犯错的机会。在仅有的一点自由中，取飞鸟、云彩、花草以及流水的极致形态，使之悠悠然浮现于布面。一切浑然天成，让人恍惚那些形状本就已蕴于织物的经纬组织中。无论何时看，也无论看到何时，都不会厌倦。它们是注定要诞生的纹样。

这些絣纹主要是靠纬纱的调整配置而生，而在弓滨絣的织物中，还有依经纬纱共同排列而成的絣纹，拥有超群之美。

村穗久美雄[1]先生为了搜集絣织的裂而当了一名小学教师，他从孩子们带到学校的抹布中发现了条纹和絣纹，以此为突破口，坚持收集弓滨絣织物二十余载。其藏品对弓滨而言是一笔宝贵财富。这次未能见到本人，不免遗憾，而在村穗先生的藏品中，有一批几何纹样，见之如见其人。这些被使用了近百年，即将要被丢弃的织物，分外动人。

过去说到蓝染，往往要经历数十次染色，直至成色接近墨黑。而染好的织物经过一次次漂洗、晾晒，表面又会渐渐褪色至斑驳，线与线的凹处明度降低，于是整体的明暗对比，构成了"蓝"这一天然色彩的浓淡。那是一种难以言喻的美。追溯这美的来处，不难发现，在材料、技法以及制作背景的

---

1 村穗久美雄（1928— ）：鸟取县米子市的染织家。最早受民艺运动创始人柳宗悦启发开始收集絣织物，被誉为日本絣织物收藏第一人。

每一个环节，都不乏自然的慷慨馈赠和巧妙安排。

如今盛行于各地的绊织，有一部分背离了这条道路。这些绊织将人的工巧放在首位，扼杀了本应自然产生的纹样，甚至畸形。以微小的蚊绊为原型做出来的复杂纹样，与其说是绊织，莫不如说是将图案直接放在了布料上。蚊绊本来的美已臻于完备，但有人却认为这不足以吸引购买，便要琢磨一些变化，或是制造奢华感以迎合消费。从这一点来看，消费者也有责任。但我们是否可以转换一下思路，尽量减少企业式的融资行为，转而更多地思考如何找回本来的美呢？人的审美不是那么容易被敷衍的。唯有稳健的美才能够真正俘获人心，这也是时代的趋势。看看服装业便可一目了然。年轻人在挑选衣服时，是多么注重面料，以及色调的控制。和服的设计师应多从中学习。

辞别岛田先生后，我在前往米子的途中，顺路拜访了当地仅存的一家蓝染坊——角绀屋。在明治时代末期，蓝染一时兴盛，以致出现过"阵雨式蓝染坊"的说法。到大约五十年前，本地的蓝染坊达三十余家，盛况空前。而近年来蓝染坊急剧减少，除了归因于化学染料的普及，还存在着原料本身的栽培、制法等诸多困难，使得蓝染坊渐渐后继乏人，到了令人忧心的地步。

店主角先生七十有余，他将线束浸入染瓮拧绞时，嘴里会发出"咻"的一声。角先生淡淡地解释道，那一瞬间全神贯注，就会不自觉地出声。将拧绞过的线束提起，使线与线之间进入空气，在土间的低洼处敲打数下以使染料成分渗透进去。这项称为"拍击"的工序也是重要一环，絣织物的染速，以及由此产生的美，就决定于此。拍击时，对力度和呼吸的把控，是靠经验练就的技术。拍击完需要将线束再放回染瓮中浸泡。线束顺着角先生手上的动作摇摆，被徐缓地拧绞上来。在那一瞬，纱线完美地上色，由翠玉色过渡到水浅葱。这一操作通常要反复十余次，从缥色一直染至浓绀。他还告诉我，手纺线比工业纺线的渗透性更好。

角先生的工装裤上不见一个污点，很不可思议。我不由得询问究竟，原来蓝染坊作业时穿白裤，并非因为忙于劳作而无暇为自己的衣裤染色，而是为保证即使穿白裤也不会有染液滴溅其上，以提醒自己染色时必须动作沉稳，心态平和。同时为避免染液里混入空气，操作须小心谨慎，纹丝不乱。

染好之后，角先生跪在染瓮边沿，用舌头舔尝染液。他告诉我，舌头可以感知蓝的心情。口感带一点刺激，又有微微的回甘，是最佳状态。

我从约十年前起，也开始建蓝。一是出于面对渐渐消逝的蓝染坊而产生的危机感，二是我想做出自己想要的蓝染。然而最初五年的接连失败，让我数度产生放弃的念头。最近才渐趋稳定，能染出理想的蓝了。因此，对于维护染瓮需要付出的辛劳，我深有体会。日本的蓝染举世无双，为了守护它所具有的深邃之美，更应珍惜仅存的那些蓝染坊。国家也应该保护这项事业，不让它失去传人。

日本人若被夺去了蓝染之色，该会多么寂寞。毫不夸张地说，身着蓝染和服的姿态是日本女性最美的样子。在当今时代依然坚持以蓝染为生的人，是因为真正懂蓝，深深被蓝之美打动。但如果只把这项事业寄托于染坊，恐怕后继乏人。国家和我们都有一份责任。

写到这里，我正欲搁笔，回看前文，却发现自己未能给出任何一条有建设性的意见，行文充斥着悲观的论调。若就此住笔，我将无法释怀，因我自己也日夜沉思、摸索着前路。而在我最近读过的文章中，刚过完九十岁生日的英国陶艺家伯纳德·里奇[1]先生的一番话，如暗夜中的一盏明灯照亮了我。我将这段话的大意在此记述如下：

过去，家具和陶器由无名的匠人制作。一件李朝白瓷，就能让人感受到远非自己的作品所能企及的美。现代社会造就了和中世迥然不同的人类。化身为艺术家这种怪物的工匠，究竟要如何自处？

答案既不是展览会，也不是个展。

一件作品在更深处与一种更宏大的存在相连，与创作者的精神相呼应，继而成为一体——这一重要因素不应被我们忽视。"生命"，这才是工作的根本。一件作品的生命不在于它是否逼真写实，而在于它是否与深层的生命之源相连。

人类具有自然赋予的机能，即大脑、心、手，工艺是能公正地使用它们的少数活动之一。

工匠在工作时，也意味着正在做以下两件事情。

1　伯纳德·里奇（Bernard Leach, 1887－1979）：英国艺术家、陶艺家。被称为"英国制陶业之父"，影响了英国一代制陶业的发展。从幼时起数度造访日本，与民艺运动亦有深刻渊源。

一是制作实用且能愉悦使用的东西；另一是在进行一场以形的完成为目标的永无止境的旅行。当这两项活动相互结合，工匠与材料合为一体时，便是为物什注入"生命"之时。

当今世界虽令人悲观，我却认为里奇的这种乐观思想，在当下更具深远意义。这位九十岁的老人，通过自己长年的陶工经历，掌握了另一种确切。里奇将其称为反复作业：

就像农民每年遵循季节播种和收割一样，中世的工匠也会反复进行相同的作业。在周而复始的重复中，由自我、我执、傲慢导致的刻意作为会逐渐减少，物什被自然地磨砺出来。通过这种反复作业，物什会不自觉地由被制作转向自然诞生之境。而要抵达这一境界，工匠唯有不停地工作下去。

已迈入人生末章、几乎全盲的里奇先生，从物什的内侧再次见到了光明。

（1978 年）

房与影

我儿时在上海度过，后于东京长大成人，到开始工作，才定居关西。我的祖籍本就是关西，血管里流的是关西人的血，但刚移住京都时，那栋日照差、筷子盒一样狭长的房子，却让我有几分住不惯。

第一次住进这样临街的建筑，本以为房子除正门外还配有后门是理所当然的事，却发现无论访客还是推销员，竟都是从正门进入，而后或直接登堂入室，或绕到后厨，让我颇感新鲜。透过木格子窗，能看到从房前经过的汽车和行人。

房子就在嵯峨的旧爱宕街道旁，经常会有天龙寺的托钵僧人和庵主从门前经过。榻榻米房间位于长长的走廊与中庭边的沿廊深处，白天也带着昏暗、幽静的气氛。光线穿过中庭那棵巨大松树的松枝缝隙，越过深深的屋檐，从沿廊透过雪白的障子纸，终于抵达房间内的砂墙上时，已微暗不辨，在吸收了光线的物体周围形成朦胧的阴影，展示架和花瓶的背后，阴影正慢慢晕开。这完全就是谷崎润一郎在《阴翳礼赞》中描绘的情景。他写道，如果把日本的屋顶比作一把伞，那么西式的屋顶只能是一顶帽子，且是帽檐短浅的猎帽。现代建筑注重健康清洁的居住环境，在设计上力求充分采光。而特意通过各种障碍物来阻隔宝贵的光线的日本传统建筑，尤其是京都那细长的建筑样式，蕴有更多的阴影。

年关将近时，当我布置好新年装饰，独自坐在清扫干净的榻榻米上时，深深思慕《阴翳礼赞》的世界。如果从吾等日本人的居所中去掉阴翳，会如何呢？这间榻榻米的屋子虽窄小，却是我的安心之所。于我，这是影子的世界，是隐秘的藏身之所。平日里，我惜时如金地拼命劳作，带着粗重的足音在染坊与织机间穿行，目光一刻不离作品，没有放松的余裕。但当我踏入这间榻榻米房间时，脚步会不由自主地放轻，好像影子贴附于身。周围的事物静悄悄显出轮廓。房后宝箧院的竹林虽昼犹暗，终日清风送爽。

一二月的天气尤寒，暖气开得再大，都有一股寒意不知从何处暗暗潜入。内心却很熨帖。四处离散的神经也静静集中于一处，让我萌生出布置一件装饰来象征新年的想法，于是将草珊瑚插入白瓷花器作点缀。只插一种花是我的习惯。

在琵琶间装饰上自己织作的香袋。分十二个月份，按季节配以相应的新年绳结。

一月梅花、二月樱花、三月桃花，这是我自己的花历，同时也包含着每个季节的植物染计划。但愿今年，我依然会与这些植物一起，共生共存。

（1980 年）

现代造型织艺与我

在长夜将明的微曦之中，我试图抓住一些看不见的东西。心中确信自己能将其牢牢握住，但周遭昏暗，似乎随时会被吸入阴霾中。

二十多年前，在乡下小镇的街边，我立于一扇明亮的装饰窗前，却感觉自己的工作正昏暗一片。在织物这一无处遁逃的制约中，我渴望让自己渐趋僵硬的思维早日获得解放，以驾驭丝线与色彩，飞向自由——我曾在这种明暗交织中逡巡往回。机械的织机将微粒子般的空间精确而细致地填埋，势必会扼杀自由的表达，不断压抑人心。而受束缚的心，终会寻求出口。它从精巧的丝线之间悄然升起，带着连织物都不易察觉的轻柔的表现力，伴随着迥异于绘画或文学的有机质感，渐次飞升。

我并未意识到，为了携这份愿望与真切实感去闯关门，自己也抛却了一些包袱，恪守规则。虽然有时也会压抑痛苦，感到自己被死死摁住,却在不知不觉间忘记了受制约的处境,甚至将制约当作救赎,快乐地工作。当然,这与我选择了织物中最为单纯的平织手法不无关系,可制约何以反而成了救赎呢?有位评论家曾经写道:"通过极力限制才华的发泄口来自我约束,可知晓艺术表现的秘密。"当然,吾等平凡之辈,对这种秘密甚至无缘窥见一斑,但毋庸置疑,当在悠久传统的培育和筛选下得到的一种样式,与当下制作者鲜活真实的感受相结合的,便能产生意想不到的说服力。为何传统有如此份量?历经漫长岁月的风雪磨难,饱受摧残,却依然生生不息——这最能说明,传统始终没有离开人的爱护。就像生儿育女,生命的繁衍才是传统的本来面貌。然而在现代社会,人类过于庞杂的创造和生产,已让可耕种的土地所剩无几。

不仅如此,人的头脑一旦适应了不断开发的社会,就会难以忍受恒常而钝重的反复劳作,渐渐被逼至穷途断崖,一部分人就不得不诉诸于猎奇,开始奇异的冒险。

而在我的领域,若不久的将来,织筘和梭子插翅而飞,被电子织筘和梭子所代替,也并不叫人意外。

现代造型织艺的作者在工具面临更迭前,果断地抛弃织箱与织布梭，拆掉织机，用他们勇敢的双手将丝线与绳索构筑成一个空间，没有任何繁琐的关口和威压的规制，丝线的运作宛若胎动般自在。最终，离开了织机的织物，会以什么为支撑来保持平衡，在这个巨大的空间中存活下来呢？观赏他们的作品，我感到我们的工作好似一张纸的两面，有着微妙的关联。如前所述，现代造型织艺的表达与身处制约中的表达截然相反，前者需要在自发的严格控制下进行表达。看似完全自由的一根线，其源头若不与宇宙的根源牢牢联结，就不会给予人一种确实的存在感。钢铁般强韧的绳索蜿蜒起伏，我感到其中同样隐藏着创作者的哲学，而优秀的作家，会去感受它们，在无数交错林立的直线和斜线中聆听细腻的室内乐。

已故染色家稻垣稔次郎[1]先生在谈到勒·柯布西耶时，曾将我们的工作比作绿灯，将一系列新兴事业比作红灯。若从各自工作的相异点上深究，会发现它们殊方同致，最终都指

1　稻垣稔次郎（1902—1963）：日本染色工艺家。重要无形文化遗产"型绘染"技术保持者（"人间国宝"）。曾与陶艺家富本宪吉一起成立"新匠美术工艺会"，对战后日本民艺运动推动巨大。

向一个没有红绿灯的世界。但稻垣先生想强调的是，世人往往会因为被绿灯打动或被红灯吸引而工作。如果前者是安住于传统这座城堡，将人工优势发挥到极致，催生熟能生巧的手艺，那么后者便是挑战人类的心理和情绪，带来特殊冲击的创作。

在创作新作时，我也曾数次萌生过干脆抛弃织箔和织布梭的念头，只是我深知自己并无那样的才华。这十几年间冒出的一批新生织作者，他们的成长环境与所接受的教育与我们截然不同，故对事物的看法，在萌芽时期就披上了迥异的色彩。

时代永远是最敏感的，它会不失时机地长出新芽，占据明日之先，创造新世代。

就像他们不可能回到过去，我们也无法超越时代。

（1977 年）

前印加文明的染织

见到前印加文明的染织作品时，内心仿佛被什么东西击中。一种极其原始的感动充溢全身，很难用语言阐述。既仿佛如梦初醒——原来我们与印加人一样，有一条强韧的根系贯穿于身体；又感到惶惑不安——怀疑我们正向着一个荒谬的方向前行。两种情绪交织在一起，难以平静。

印加人在公元前就已创造出染织的所有技法，坦诚而直率地表达自身。缀织中的小鸟和小动物们，如今依然栩栩如生。缀、罗、刺绣、缝取织 [1]、扎染、描染等技法，在印加人之后都被忠实地继承下来。对于包括纱线在内的材料，他们并不计较细节，只以最简便易行的方法制作它们。而在右捻、左捻、弱捻、单捻、强捻等技术的运用上则非常精心，通过

---

1 缝取织：绫织中非常豪华的一种织物及其技法。类似绣织。在浮织的基础上再加以刺绣，使图案浮出具立体感，色彩缤纷鲜艳。工艺繁琐，费工费时，只用于身份高贵者的衣装。

组合、对比，为不同的织物带去不同的最佳呈现。织物奇异的美曾让印加人痴迷，如今又深深震撼了我，以至于我看得入神，脑袋竟数次撞到了玻璃柜上。这些织物所呈现的，是一种令人惊异的柔软感性和明快的思想。

其中有扎染。分别以绿、红、蓝扎染的裂缝缀在一起，看似漫不经意，实则不然。他们以超乎我们想象的手法和极致的耐心，创造了这幅拼布。为何要如此费工，又为何会这么美呢？我的目光在拼布上贪婪地游走，想要解开这个谜题。还有条纹。茶、蓝与些微的白——这样的条纹组合似乎在哪儿见过，配色让人亲切，仿佛感受到来自祖父母谦卑而深具智慧的气息，这是与我们日本人极为相似的血脉。

拼布上有鸟。数不清的小鸟以纷繁的姿态飞翔。鸟妈妈和鸟宝宝扇动着翅膀盘旋叼啄。终于，白鸟被封闭于黑鸟的空间，黑鸟又被包围在白鸟的世界，黑、白合为一体，无限连续。完全抽象化的不只是鸟儿，波浪、台阶无不如是。

我们今日堪称完美的纹样，印加人早已创想出来。他们并不懂得黄金分割的理论，却在一个无与伦比的矩形中收纳了这些图案和色彩。

他们为何能如此创作？在开篇，我提到自己曾惶恐于时代正指向一个荒谬的方向。但或许，这是生于二十世纪之人的宿命。正如不断攀升的高楼，我们这个时代除了知识的层层叠加之外，并无其他发展的途径。而当看到印加人的染织作品时，我开始相信人类的本质从未改变，创造力也没有丝毫衰减，对美好事物的憧憬与探求心亦从未消失。只是，我们本可以更率直地观察、感受和创造，这条路却在末端变出多方，被杂以多途，难免要让人迷路了。

　　印加人将人类四肢五体所具备的均衡感、小动物运动神经的发达和敏锐、自然界周而复始的节奏，非常自然地织进布帛中。我们却因为头脑里装了太多知识而疑心这种表达是否太幼稚，担心如果不能更复杂、俏皮、夸张，会显得太愚笨，以致步入歧途。在创作前过多计划，反而会使关键的部分衰萎。

　　印加人或许做梦也不会想到，后世之人将这些陪葬品从地底下挖掘出来，大张旗鼓地陈列于美术馆，并投以赞赏的目光。这些只是他们为所爱的人在去往冥界的旅途中所备的物品，是他们以精魂织就的布匹。

贯头衣、腰带、薄衫，甚至人偶或者小动物毛绒玩具、食物、酒、羽毛帽子，以及天平、缝纫工具箱等日常用品，印加人不厌其详，全部一起陪葬。人偶带着蕾丝头巾，看起来滑稽顽皮，它们吹着笛子，手牵着手围成一个圈，因婚礼而聚集在布和苇草搭建的房子里。这或许是为了慰藉心爱的亲人，让他们在冥途上也不忘热闹一场。织布机上织了一半的布，或许是故人生前最后的劳作。

如果这是为了在彼岸不至于寂寥，那么换作我，只要有这些陪葬品，灵魂就不必眷恋此世，能安然地生活在另一个世界，继续孜孜不倦地织下去。

（1980 年）

吴须[1] 与蓝

观看中国陶瓷的大规模展出，还是在我很年轻的时候。蒙盖着黑布的狭小空间里，聚光灯打在青瓷和白瓷的碗、盏、瓶，以及青花的罐、钵、盘皿的身上，仅这一幕，就让我有如飞到了中国的千古都城，或者说，被突然领入了一个前所未闻的、音色高阔澄澈的世界。那是我从其他工艺品或绘画中未曾体验过的感动。尽管无以言表，但当时的飞升之感至今被我的身体记忆着。在其后近二十年的工作中，我切实地体会到，"烧物"[2]正如其名，经由火而降生。

不曾穿越自然这道必然的关口，则无以表现其本来样貌。这一事实与我从事的染色并无二致。在染色中，色彩经由水

1　吴须：青花瓷器上的钴蓝釉色。明末清初，出产于中国福建漳州窑并销往东亚各国的青花瓷器，在日本被冠以"吴须"之名，也称其釉色。——中文版校注
2　以土或石为原料制作，经窑炉烧制成的陶瓷器、炻器和土器，自古在日语中被统称为"烧物"。——中文版校注

这一自然力的涤荡而降生。在火与水这样古老而源头性的物质面前，人类显得渺小而脆弱。尽管如此，人却依然竭尽一切智慧和力量，用泥土和石头打造出纷繁的陶瓷器，堪为世界的瑰宝。在物什降生的过程中，是否那人类之手无法撼动的绝对力量所占的比重越大，最终得到的产物越具有动人心魄的美？火令人畏惧，略有沾身便会被其迅速燃尽以至于毁灭。同时，面对神圣的火光，人类除了将自己的魂灵托付于它、靠近它、与它亲近之外，别无他法。水也是同样。染色虽然是比陶瓷器更小众的领域，却也是以水这一深不可测的物质为媒介，在这一点上二者何其相似。

对于陶瓷近乎一无所知的我，却要就青花的吴须之色与蓝染之色的关联下笔，未免有僭越之嫌。但火与水的根本问题所带给我的模糊启示，又让我兴不能止，由此旁及其他领域，各种相似点一一浮现，于我无异于崭新的发现。例如，陶瓷器的"烧（火）——土——加工"，可以置换成染织的"染（水）——线——技术"，而陶瓷器的灰与釉，氧化焰与还原焰，以及铜、铁、钴、金、锰等金属的结合，就相当于染色中木灰水的问题。也就是说，烧成中的氧化及还原，对应染织中的发色过程，即利用铁、铜、明矾、锡等媒介进行媒染，而青花瓷中的素坯、釉药、釉下彩之间的关系，与待染织物、经纱、染料之间的关系极为相似，它们并非各自独立，而是微妙地相互影响，在互相成就中创造了作品。尽管材料不同，用途不一，它们却都被贯穿于一个统一的秩序下。

再来看蓝与钴的领域。钴之中，也可分为含有氧化钴的深蓝色玻璃，以及天然吴须和人造吴须的陶瓷器，颜色有花绀青、岩绀青，釉色名为天蓝釉、雾青、琉璃釉，完全就是从蓝染瓷中诞生的名字。钴之外，铁、铜等元素也一样，不纯物质混入得越多，烧成的颜色就越美妙，而廉价陶瓷的钴色之所以鲜明却无深度，是因为人造吴须过于纯粹所致。在这一点上，天然蓝与人造蓝的情况也完全一样。

富本宪吉[1]先生在为陶瓷上色时，对于只有蓝这一色的青花瓷，他会使用含有较多不纯物的天然吴须，而当与其他颜色搭配来描画艳丽的花纹时，会特意使用纯度较高的花绀青或者人造吴须。而且，先生并不会使用特别高级的吴须，反而爱用下等的吴须，因其中蕴有一种涩味深厚的蓝，表现这

---

1 富本宪吉（1886—1963）：日本陶艺家。1955 年被认定为重要无形文化遗产"彩绘瓷器"技术保持者（"人间国宝"）。1961 年获日本文化勋章。

种蓝的魅力，是先生的天赋。蓝染中的天然蓝，亦有很多不纯物质，木灰水中也掺杂了不少杂质，确实不如人造蓝那样浓艳，建蓝顺利时得到的蓝色与琉璃绀、花绀青之名相得益彰，凉入眉宇。若细辨，蓝的晕染、絣织的线头、绅线的粗细不匀所带来的起伏，与从青花瓷的釉面隐隐透出的吴须之色的渗晕、浓淡、厚薄、斑驳的景色何其相似，这些阴阳之差赋予作品以深度和层次，凝视它们，仿佛自然界的法门兀自开启，各种音色在耳边喧响。

青花的最高成就是宣德大盘、李朝的罐或者砚滴，以及日本古伊万里瓷器中的吴须色。我被它们深深吸引，甚至超出蓝染的织品，渴望将它们常伴左右。这想必是因为，通过火的燃烧，比透过水的浸润得到的美更为澄澈。这种美无可回避，直击人心。

（1978 年）

雷诺阿[1]的话

所有我称之为艺术的语法或基本观念的东西，可用一个词来概括：无规律。

大胆去看那些辉煌时代的大师们的作品。他们在规律中创造了无规律。

圣马可大教堂整体看上去均衡匀称，然而局部处理上无一相似。

同样的话不也适用于人类本身吗？作为被创造得如此精致协调的生物绝无仅有，而作为被创造得如此千差万别、复杂微妙、毫无规律可言的生物恐怕也是独一无二。自然的一切造化，在这一特质上皆如是。最近，我在植物染中再次体

1　皮埃尔－奥古斯特·雷诺阿（Pierre-Auguste Renoir, 1841—1919）：法国著名画家，印象派发展史上的领导人物之一。

验了这种无规律。植物染料得到的色彩，在天光下与在阴影中会呈现各种变化。黄土色中透着青，亦可见红；浅红色中则泛出黄，亦包含紫。无论你染出了多么通透清美的蓝，放到显微镜下，仍能观察到各种色彩的交织。浓淡差异自不论，天然蓝是白、灰调，与黄、红调重叠交织出的色彩，无法用化学染料那些单一的名称来概括。奇妙的是，自然孕育的复杂之色却也让我们感受到纯洁性，让我们认同，这就是真正的蓝色，或者真正的红色。含有杂质却称之为纯粹，看似矛盾，但这确然是生物的每个瞬间。

　　每种颜色的波长各不相同，正因为我们的眼睛能柔和地接纳这种振幅，方可自然地觉察色彩背后的深阔世界。

（1982 年）

老陶艺家的话

年轻时，每当身处人群，我总是会下意识地僵硬起来，就像披着一层铠甲。而年过四十，慢慢一层层卸掉了武装，不再在意来自外界的刺戳了。回想起来，我年轻时对于人多的场合近乎恐惧。

人会在不知不觉间变得皮实起来，于人前说话也不再感到疲惫。许是年轻时敏感的神经渐渐钝化，或是因为余生越来越短，更依赖本能判断取舍。

刚才，我拜会了一位年逾八十的老陶艺家，见识到一种完美的老境。

从我辈的角度来看，老人比我们卸去了更多铠甲，几乎可辨洁净的肌肤。出现在这样的人面前，会感觉自己身上的衣装厚重，俗气而虚伪。一两个小时的会面里，我或许也在不经意间卸下了武装，发出了久未有过的爆笑，而当我抬眼瞥向对面的老人，发现在那动物般漂亮的白髭下，一张笑意盈盈的面庞已然超脱了人类的感觉。这位老者在年轻时也曾以雷厉风行而闻名，如今，他的记忆之精准、反应之迅捷以及生命力之旺盛，丝毫不减当年。

记不清具体的语境，但我的笔记本上留有他的两三句话。

拙者粘。优者断。名士离。

虽然以日本的古典为基础，但这些全都是新的东西。传统是一种生命的继承，而不是旧事物的重复。那不是传统，那是因袭。子女既像父亲也像母亲，却既非父亲也非母亲，是一个新的生命。新的生命在属于他的时代中成长、奋斗，拥有与时俱进的力量。传统在日新月异的奋斗中延续，并不断成长。

所谓传统，就是需要打破的东西。

再加两三条那天的会面中令人难忘的语句。

观察烧窑中的火，如果达到一千两百度以上，里面的陶碗就会呼吸，时胀时缩。这是最可靠的标志。是温度计无法测量的。

我不会混合陶土，那样会抹杀泥土的本色。要将泥土的最佳状态引导出来。

上了陶轮之后，就只是帮助泥土成为它想要成为的样子。

这些话，与我从植物中引导出色彩，异曲同工。

（1982 年）

蚕

"蚕专心致志地吐出白色丝线做成茧，化为蛹，再变成飞蛾离开，你知道它们是如何从茧壳中飞升的吗？你或许会以为，它们当然要咬破蚕茧开一个洞，再从里面飞出来。

"其实不然。蚕会从口中一点点吐出一种含碱的液体，将蚕茧的内壁溶开一个孔洞，再破茧而出。若将一颗豆粒塞入这个小孔里，让它在里面骨碌碌转动，就能寻找线头，再轻轻拉出来，会绵延不断地拉出一整条丝线，如一缕轻烟。胡乱地咬破茧壳开孔，是蚕蛹里的寄生虫干的事。对于用自己的生命换来的白色城堡，蚕是无论如何都不肯咬破的，它们只是用自己的体液一点点舔舐，使茧壳溶化，打开一个小小的出口才离开。整个过程，不会切断一根完整的丝线。"

有人曾经这样告诉我。

（1982 年）

景色

景色、气色[1]——这个词将自然界的风景、气象以及色彩巧妙地归纳在一起。日本的艺术特别是工艺中，拥有无法言说的景、气、色。外国人认为不够均衡的失败作品，日本人会以敏锐的审美，对其中的些许错位、变形、凸出、厚薄不均、污点、塌陷等所有失于均一之处予以承认，将整体微妙而均衡的摇摆归于美的范畴之中。这或许是日本人对自然造化从根本上秉持着一种甘愿遵从的态度。以自然材料为加工对象的工艺家，更需要接纳这一点。

例如纱线，须先撑开雪白的棉花团，套在专用的"土笔"棒上，一边拉拽一边找出一条闪光的纱线之路，那时手头的拉拽力度、轻微的捻度差异、因速度不同导致的纱线的粗细和强弱，都会带上手艺人自身的特点：捻线之人的心即是线。

---

1 日语中景色和气色的发音相同，皆为"けしき"。

纱线成形的过程，已然出现了风景。

一根线尚且如此，由精炼、染色、织造，最终成就一块布料的过程，究竟会织进多少道风景？每一道工序都交织着手艺人的心思。成品是一块布料，还是一片饱含着寄望的裂——道路的分叉，就在于是否将过程中的景、气、色都很好地融入了进去。

（1982 年）

Ⅲ

遇见母亲·遇见织机

我在两岁时与母亲分离，在叔父家当了十多年的养女。很长一段时期里，这件事及其带来的影响，都在我对母亲的感情中投下了复杂的阴影，但如今想来，一切都是命运使然。甚至，或许正因为有这段经历，才让我遇到了现在的工作，母亲的形象，也终于在我心中确立起来。

能在常年缺失朝夕相处和亲密感情后，一朝恢复母女关系，或许是因为母亲养育我的那短短两年，深深扎根于我的血脉，并决定了一些什么。

两岁的孩童理应尚未记事，但据说我在被寄养一年后再次见到母亲时，非常认真地盯着她的脸，目光如炬，并脱口说出："我要和这个嬢嬢一起觉觉。"我自己自然全无印象了。养父母为填补母女亲情的缺位，给予了我超出一般的关爱。

十六岁那年，我偶然看到自己婴儿时的一张照片，背后写的是"小野福美"，顿时心生疑窦，模糊地记起，伯父一家的姓氏正是小野。自此，我留意到一连串事实：伯父家的四个子女中，老三和老四的年龄差距较大，而我的年龄恰好可以插在他们之间；我与几个堂兄姐妹长得很像；自己从小就对他们一家人莫名的亲近……当时我随养父母一起，住在养父的工作地中国青岛。某次趁着回日本的机会，我去看望大阪的朋友，顺道拜访了住在近江的伯父一家。

那是上女子高中二年级的夏天，我第一次独自旅行。伯父是医生，家里不时有访客出入，我与伯母几无碰面的机会，只记得她一直站在里间忙碌。过了一会儿，她突然走到我面前，放下了几本画册。是水色封皮的塞尚画集与蒲色封皮的梵高画集。我在那之前从未见过西洋画，故没有对那些画册留下什么印象，但身着浓绀色麻质和服、脸圆肤白、梳着光滑发髻的伯母，放下画册后又慌忙退回里间的背影，至今依然鲜明地镌刻在我的记忆中。设有玄关、结构规整的土间，被漆成了当地常见的锈红色，蓝染的门帘透出凉意。从家具摆设到餐具，都是雅致的老物件。对于当时在海外生活的我，这一切不仅稀奇，甚至感到灵魂被一种莫名的温暖深深包裹。即便隐隐意识到这份骨肉之亲的联系，对于年纪尚轻的我，也未免事关重大，不懂该如何开口，亦无可诉衷曲的人。

只是那个夏天，在我心中打下了清晰的烙印。

两年之后，我离开了养父的任职地，只身一人到东京求学。对于身世的疑虑，不仅一刻未曾消退，反而渐渐在心里扎下了根。有一次，伯父家的堂姐偶然来京，我在一时情绪的剧烈波动下，鼓足勇气向她求证："你是我的亲姐姐吧？"堂姐激烈地否认，匆匆回了近江。而她回去之后就对母亲说，已经不能再瞒下去了。

第二年的新年，堂兄病重，我被叫到隆冬的近江。我的生母知道正值青春期的我背负着这么重的心事，又独自一人生活，放心不下，便拿定主意让我见见病中的兄长，并向我坦白身世。当时，排行紧挨着我的二哥年方十九，却病重难治，余下的日子已然不多。全家人都聚在二哥的病榻旁，第一次互相以父母、兄弟姐妹的身份相认。我们围着暖桌坐定，开诚布公地畅聊了一整晚。

回想那年夏天，我独自一人来访，母亲其实是不敢待在我的身边，一直借故在厨房里忙碌。她说，自己当时始终心神不属，我走之后，被我用过的被单都舍不得洗，直接睡在那床被褥中，"连你的洗脸水都舍不得倒掉"。母亲当年对我放手之后，曾下定决心，无论如何都不会对我坦白身世："我

就当你不在人世，牢牢守着这个秘密。但是，一听说你一个
人为这件事苦恼，我就慌得没了主张，今天到底还是都向你
坦白了。请你原谅妈妈。"母亲哽咽了。在父母双亲与四个兄
弟姐妹面前，我甚至一时流不出泪来，只觉整个世界翻天覆
地。东京已经开学，我却无意回去，就在二哥的病榻前陪护
了一个多月。很偶然地，家中阴暗的杂物间里，一台织机引
起了我的注意。我追着母亲问了很多问题。于是，就在二哥
的枕边，母亲组装起那台小小的织机，为我绷上了蓝染丝线。
后来提到这件事，母亲仍一脸不可思议：病重虚弱的二哥，
连脚步声都不堪烦扰，却对在自己枕边组装织机毫无怨言。
母亲说，或许他想让这个曾经缘浅的亲妹妹，更多地留在自
己的心中，多看一眼也好。

　　这或许是一种奇妙的因缘，我在与生母相认的同时，遇
见了织机。也就在那一年，我失去了二哥。

　　决堤之水无以自遏。这件事也彻底改变了我。虽然身在
东京，我的心却常常飞回母亲的身边。不过，我绝不会表现
出来，与母亲见面的次数也屈指可数。

　　只是，母亲为我打开的艺术世界，已然在我内心萌芽。

十八年来，我对这一世界全然不知，如今却与我的身世一起涌入内心。它像黑暗中一道明锐的光，带着母亲的全部愿望，一起贯穿了我的整个身心。

那时，母亲赠予我一本小小的诗集。是山村暮鸟的《云》，小川芋钱为这本书画了插图。还有一本同为暮鸟所著的童话集《铁鞋》，里面满是奇妙而美好的故事。我像抄经书一样，用毛笔一字一句地临摹。它们都是我的珍宝。

后来，我再一次出现在母亲面前，已是十多年以后。战争结束，母亲失去了两个儿子，整个人仿佛小了一圈。

而在那期间，我经历了结婚、生育、离异，面临不得不带着两个孩子独立生活的局面。三界无家、无处寄身的我，尽管明知是无谋之举，仍决定将曾在近江家中遇到的织物作为谋生的方向。这期间，我不得已做出了对养父母的不孝之举，频繁来往于东京与近江之间。

当时，养父母已移居到东京，我将年幼的女儿托付给他们照顾。而对于突然说要在近江从事织作的我，母亲自然不肯迁就。我好不容易开始进修，母亲却塞过来一张回东京的车票，并要我再也别回来。我自知自己的任性给周围人添了很多麻烦，一度绝望地离开，但就像被一根无形的线牵引，我再次回到母亲身边，正式踏上了织作之路。

生于明治时代的母亲思想保守，我出人意料的任性行为让她的处境非常尴尬。但另一方面，她做梦也不曾想到，在两岁时就忍痛放弃、甚至一度当作已经死掉的女儿，在自己年过六旬时，突然又不管不顾地回来，还执意要从事自己年轻时割爱舍弃的织作。

对母亲而言，两个儿子都在二十几岁时英年早逝，人生在一片晦暗中，默默迎来寂寥的晚年。但她心底依旧藏着一股对织物的热情。母亲打起精神，付上所有的体力、精力和渴望，像是要与年轻的我对决一般，重新为织物燃烧自己。

在此，让我简述母亲的出身和经历。我的母亲于明治二十八年（1896）出生于大阪西道顿堀的一个砂糖批发商人的家庭。

就在不久之前，我到近江去看望母亲，她还充满怀念地念叨着："我今年八十五岁了，也不可能再回大阪。不知道铁眼寺现在变成什么样了呢？还有西道顿堀、阿弥陀池……"

我听罢，立刻和家姐动身去寻找过去的铁眼寺。这座七十年前的佛寺已被战火烧毁，虽然在难波的街中再建，却已找不到名为阿波屋喜兵卫的先祖之墓了。母亲年幼时曾戏水憨嬉的道顿堀，河水如今已乌黑浑浊，沿岸高楼林立；阿弥陀池已变成一座小小的街区公园，池塘更是早已不见了踪影。

我在电话中向母亲汇报情况。

"原来这样啊。当年，铁眼寺占地大，寺内有很多樱花树。每天的钟鸣鼓擂都带着些中国风，诵经的声音让孩子们听得入迷，可真让人怀念啊。阿弥陀池每年春天都有园艺集市，赶集可是我们当年的一大乐事呢！"

电话那头，母亲絮絮诉说着大阪的昔日风光。时常，我还会听到母亲唱起大阪的童谣。

　　昨夜嫁过来的新娘，请她坐在漂亮的榻榻米上，

　　不会缝衣领，不会逢前襟。

　　这样的媳妇呀，还是快走吧。

　　送你去上路，

　　一闪一闪的灯火哟。

　　那是大阪安土寺町哟。

独特的音调悠长绵延。每当听到这首童谣，母亲童年的氛围就在我周身蔓延开来。

我的外祖父因袭当年商人之家的风俗，年少时起便入门当学徒，做长工，后来成为阿波屋的养子，与拥有家产的阿波屋家的女儿成亲。他精明强干，三十几岁时已拥有好几条商船，商业规模一度扩展至北海道、北陆一带。令人惋惜的是，外祖父在四十二岁正值盛年的时候撒手人寰。

母亲当时只有三岁大，对于自己的父亲全无记忆。她在阿波屋被抚养成人，进入女子学校上学时，却逢家道中落。

母亲在夕阳之丘女子学校有一位叫尾竹福美的闺蜜（我的名字即取自这位前辈），也与福美的姐姐尾竹一枝关系亲近。一枝女士就是后来青鞜社[1]的尾竹红吉。当时三个人一起饲养琉璃鸟，还戏称一枝女士为"琉璃狂人"。

毕业之后，母亲结起桃割髻，每天清晨六点出门，到长崛川学习古琴演奏，到船场学习女红裁缝。她特别喜欢做手工，曾用绯红色、浅黄雀色和淡红色的绉绸精心制作过一些

---

1 青鞜社：由几位进步女性主办的月刊杂志社，1911 年 9 月至 1916 年 2 月共发行了 52 期杂志，在唤起社会对女性问题的重视方面起到过积极作用。亦可看作是日本的"蓝袜社"。

女儿节摆设、五月人偶、布袋等小件物品。如今到了时令佳节，她依然会以各种装饰为乐趣，在色彩和造型的选配上保持了大阪的洗练风格，或许这是当时商家女儿的审美。

当时，母亲颇得安宅弥吉[1]夫人的喜爱。夫人视她如己出，经常带着她去看戏剧和曲艺演出。安宅夫人是一位世间罕有的聪慧美人，用母亲的话来说："她对美的追求非同一般。现在那些安宅藏品的源头想必都是来自夫人。"

夫人对衣装的嗜好也异于常人。染色、织造、刺绣，她全部亲自设计，在北冈、志龟等名店定制。母亲正当风华之年，夫人也经常给予母亲和服上的建议。夫人似乎天生具有设计师的优秀才能。通过她留存下来的两三件和服、腰带以及布料，可以充分了解当时以大阪富商为背景的上方文化[2]的服装风格。莺茶色的素底上散落着淡红樱花的友禅染[3]，绣着整幅《源氏物语绘卷》的丸带，每一件都是内敛素雅的色调

1　安宅弥吉（1873—1949）：日本著名实业家，安宅产业及甲南女子学园创始人，大阪商工会会长，收藏家。安宅弥吉热心文化事业，曾资助日本著名佛教学者铃木大拙。
2　上方文化：江户时代之后在上方（以京都和大阪为中心的近畿地区）培育的文化。
3　友禅染：和服的染色技术。最早由江户时代的扇绘师宫崎友禅斋在京都发明而被命名为"京友禅"。随后被带到金泽等地区，又经过了进一步的技术发展，如今已是代表日本的一大染色技术。

而不见任何夸张的图案，那些让人联想到四季更迭的纹样更是细致动人。母亲低调的着装风格，想来是因为那个时期深受安宅夫人的影响。

母亲的发式、和服的颜色和款式，几乎一辈子都没怎么变化，总是一身饰有絣纹、条纹、格子或碎花图案的蓝染和服，更纱和中型染则用于腰带。母亲喜欢紫色，却认为紫色不适合自己，故只用在带缔、钱夹、外衫的系带、木屐绊带等小物上。衬领定会用黑色绉绸，夏天则是黑色的镂织或者麻布，整体上未免朴素得过分了。我想，这除了来自她克己的性格，还因为她深知这身装扮很称自己圆圆的娃娃脸。

后期，她对我的工作介入很深，甚至过于严苛，想必是年轻时对服装的爱，让她无法接受我模棱两可的工作态度。

只有从小一直弹奏的古琴，终生陪伴着她。这把由一位叫佐助的造琴师制作的古琴，她珍爱至今，不时会弹奏一曲。

母亲十九岁时嫁到小野家，成为一名医生的太太。她从娘家带了一位名叫千代的女佣，因为千代一直把姑爷叫作"爹爹"，所以很长时间，母亲都称呼父亲为"爹爹"。因为与父亲年龄相差十二岁，所以也一直被当作女儿一样看待吧。

几年之后，她成了三个孩子的母亲，某天，她在阪急电车中偶遇久失音讯的尾竹一枝女士。当时一枝女士已成婚，变成了陶艺家富本宪吉的夫人。这次偶然的重逢让她们欢跃不已，从那时起，两人便结下了终生的深厚友谊。

母亲至今还将一枝夫人的书信珍藏在一个小盒子里，有的信件纸卷长达三米，笔致丰润、情感充沛，写满了对母亲坦率的劝诫和热情的关怀。

前些天，我请母亲再借我一阅，无意间发现了她们重逢时的通信。一枝夫人写道：

> 发生得如此突然，以致不敢相信是真的。我好高兴，是久未体会过的快乐心情。你还跟从前一样温和善良。在这个内心的洁净被大部分人遗落的时代，能与你重逢，真叫人不胜欣喜。如果昨天我坐的是下一班电车，就可能因仅仅两三分钟的差迟，今生错过与你的重逢。昨天真是一个幸运日。有空请你一定到安堵村来坐坐。

其后不久，母亲便收到一封电报，上书："明日开窑，速来。"母亲心潮澎湃，立即动身。她第一次见识到了陶工的生活，目睹同为艺术家的两夫妇的婚姻状态。眼前一切都让母亲感到惊异："原来，世上还有这样的人，这样的生活方式。"

"每一处都是新鲜的、美丽的，整个世界都变得不同了。"

夫妇二人生活拮据，却为了创造美的事物倾尽全力。丈夫从烧窑中取出的陶壶，妻子像对待珍宝一样，不吝赞美。从明治到大正、昭和年代，这种全新的生活形态首次突破了封建社会的厚重壁垒。这是提高女性地位，亲自实践女性解放的一种生活。

"原来，女人中也有活出自我的人。"

此情此景极大地震撼了母亲，她心情复杂地回到家中。从那天起一直到夫人过世的五十多年时间里，她经常感慨："富本（一枝女士）对我的恩情，无以言表。"

人会在某一天幡然醒悟，把目光投向自己的内心。生长于商人之家的母亲，如今才真切地懂得，世上还存在与生计无关、不计得失的无用之物。并且她还看到，这种无用之物是能超越生死、触及灵魂的，它是艺术的根源。始终潜藏在母亲内心的魔物终于被唤醒。她曾懵懵懂懂嫁为人妻，成为人母后才懂得欣赏物品、阅读书籍，学会独立思考。同时，她第一次认真去看身边那些一直以来模糊的事物，对自己的不满，心中的矛盾和烦恼，让她渐渐意识到，人生之复杂在于背负着双重甚至三重的苦痛。

想来，与一枝夫人的重逢，未尝不是一次重要的机缘，但即使没有这次重逢，以母亲的坚强个性，迟早也会自我觉醒。只是这样的她，在遇到一枝夫人后，被那份金子般的光照释放出异彩，并剧烈地震荡。我觉得这是一种幸运。

因为我以为，虽然道路坎坷，她却以近乎愚笨的执着，强韧地实现了自我。

不久之后，父亲身为九州佐贺关（大分县）医生世家的长子，被召回家乡，举家搬至九州。在男尊女卑观念深根蒂固的旧式家族中，母亲身为长媳，个中辛苦自不待言。成长于关西、受青鞜社的妇女运动影响极深的母亲，对此虽有一定的心理准备，但经历了几年的煎熬，终于无以忍受。她放下一切，去往京都山科的一灯园[1]。

1　一灯园：由思想家、宗教家西田天香于明治末期创立的一个团体，本部位于京都市山科区。该团体实践与世无争的生活，可以视其为一种宗教，但并无特定的本尊，修行者只向自然界进行礼拜，更类似于一种原始宗教。

父亲随母愿，也再次背井离乡，全家人先是在西田天香大师的门下劳作生活，后又离开一灯园，回到关西，并辗转于大阪、京都、滋贺等地，最后终于在近江八幡安定下来。这期间全家人经历的磨难也不尽可数。

长子到了上学的年龄时，父母与其他同好共同创办了一个规模很小的学校——昭和学园。当时死板划一的教育问题已引起社会的重视，羽仁元子女士创办了自由学园，西村伊作先生创办了文化学院，对各自的子弟施行新式教育。在这样的风潮中，昭和学园虽然在规模上不可等量齐观，但是也从成城学园请来了一名教师。这位名叫谷腾的教育者坚持以自己的理念教育为数不多的几个孩子，包括自己的妻儿，组成一个共同体生活。十几个学生上午学习知识，下午就去参加劳动。孩子们养了很多动物，猪、山羊、驴、鸡、火鸡等，栽种了各种各样的植物。此外，还有陶艺、版画、雕塑、染色等各项活动。

为了学园的经营，父亲积极工作，母亲也全力投入，不单为了自己的、更为了学园里的所有孩子。夫妇二人废寝忘食地工作，数年如一日，边实践边探索教育的根本。

昭和学园坚持经营了十余年，因谷腾先生突然病逝而告终。后来我的哥哥姐姐谈到这所学校时，姐姐说："我们没有受过一般的小学教育就直接升入中学，付出了比常人多出数倍的辛苦。"哥哥却认为："在学园里接受的教育对幼小的心灵影响很深，帮我打开了艺术之眼。"

对于学园的教育，母亲充分信任谷腾先生，将自己的孩子交到他的手上。但母亲自己，内心则充满了无法抑制的矛盾，在人际关系上也遇到了诸多烦恼。对于纯粹而美好的事物，母亲会发自内心地感动，且渴望与人分享的心情强于常人。但她的性格中也有过于理想化，缺乏理论根基，容易感情用事的脆弱一面。她经常会说："我这种不撞南墙不回头的人，真是对不住丈夫和孩子们啊。"一枝夫人后来曾经对我说，"你的母亲是一个值得被爱的憨人"，所言极是。母亲总是一腔热血，特别是对美的事物。立志成为画家的兄长原原本本继承了她的性格。

学园关闭之后，一家人又回到了平静的家庭生活，父亲的医生工作也带来了稳定的收入，直到某天，母亲听说附近的贫困山村正苦于没有医生，就劝服父亲举家搬到那座小村子里（就是在那时，我被送到志村家做养女）。这一次，父亲依然无私地响应了母亲悲壮的决心。

父亲性格宽厚沉稳，默默践行着母亲理想中的仁义善行。对于付不起诊疗费的穷人，他分文不取，亦毫无怨言，治病似乎是他的天职。父亲经常于早晨六点就骑上自行车出诊，连早饭都顾不上。

好不容易恢复平稳的家庭生活又被自己一手破坏，母亲对此充满了自责，但她从未停止奋斗。将我送到志村家做养女，于母亲是一场极大的冒险。送走之后，意识到无法挽回的母亲，随即便被一种深切的悲哀笼罩。她只能不断告诉自己："就当福美已经死了。无论如何，与死相比，她至少还在某个地方健健康康地活着。"

将我送走三天之后，母亲因机缘巧合，得到了柳宗悦先生所赠的一尊木喰上人[1]雕刻的十一面观音像。她从柳先生位于京都的家中将其抱回来之后，几乎每天对着观音菩萨流泪祈祷。某天她不经意地回头，愕然发现两个年幼的儿子正安静地坐在身后。哥哥在对着观音像画写生，弟弟在自己的胳

1　木喰上人（1718—1810）：江户时代后期的行脚僧、佛像雕刻家、歌人。流布于日本各地的"木喰佛"作者。在被民艺运动创始人柳宗悦发现之前，木喰上人和他那些造型朴拙的佛像一样默默无闻。

膊上写了几个字——"爱观音"。

二十多年来，这座观音像一直是家中的守护神，而在我回近江从事织造的时候，母亲却将它送还给了民艺馆。她说，自己死后观音无人守护，就太可惜了。

母亲一直是个爱做梦的人。她是那种饭吃到一半，会因为被夕阳吸引而丢下碗筷，拉着孩子在野地里奔跑的人。她不擅长家务，却热衷于读书、写信，也喜欢与人交谈。每逢家里来客，她都会用心布置一番，热情地走到门外相迎。她操着一口纯正的大阪腔，语感独特，与来客之间总是有聊不完的话题。富本家包括女佣在内，甚至曾在母亲家中逗留了近一个月之久。那段时期，巡游各地发掘民艺品的柳宗悦先生也曾来做客。后来，柳先生于昭和初期在京都成立了民艺协作团体。

初次发现木喰上人的时候，柳先生或许热情地对母亲讲述了此事。在那之后，母亲便一直对木喰上人的木佛情有独钟。为追随其作品，她特意到歧阜、新潟、甲府等地旅行，并写下感想寄给柳先生。那尊十一面观音像就是在那时从柳先生那里得到的。

当时，上贺茂神社的一角正在开展围绕陶器、木工、金属工艺、染织等工艺的新兴民艺运动。其中有一位名叫青田五良的青年，一边在同志社的中学教书，一边开始手织。在日本以这种形式从事纺织的，他恐怕是第一人。青田先生从住在丹波山中的奶奶那里学会了纺线，掌握了植物染、手织机的技法。古代的日本染织，从正仓院诞生的天平时代一直到明治之前，一直是贵族，抑或中产阶级的享用权利。将山里的农民所穿用的丹波布归于美的范畴，是不能想象的。因而，将染织重新带回自然之法则，青田先生可谓发覆第一人。他让一根棉线变成一疋质朴刚健的布料，以完成最朴素的使命：包裹人的身体，温暖我们的心灵。

当先于时代开创一件事的时候，从构建、提升、使其显出美感的是人类，破坏、伤害它的也是人类。青田先生的生活极为清贫，他纺纱、染织，拼命地工作，直到身体不支，最终英年早逝。母亲师从青田先生的时间短暂，却影响了她的一生。在上贺茂神社昏暗的土间里，青田先生组装好三台手织机，一边咔哒咔哒织作，一边不时地向母亲传授技艺。暮色渐浓，冷雨敲窗，只有从天棚悬吊下来的油灯，轻轻摇曳出光亮。

"明天就将赴死的蝉，其翼为何那么美，简直巧夺天工，是不是？真希望自己也能做出这样的东西。"

青田先生这样说着，织出了一块用于威廉·布莱克诗集装帧的裂。据母亲说，非常美。

他还对母亲说过："这条道路尚无人走过，仍漆黑一片，但总会有人会踏出来的。我就做那块踏脚石。"

如今的我，对说出这番话的青田先生的心情和处境，可谓有痛彻的领悟。对像他这样敏感易伤的艺术家，那条布满荆棘的泥泞道路，未免是一种惨淡的人生。

母亲或许非常想接下衣钵，把织作继续下去。但年幼的孩子和家务琐事，对于当时的家庭妇女是无法回避的桎梏。而在她最终决定放弃时，仍将织机完好地收于仓库，许是把将断未断的念想深埋在了心底。

后来，在我得知自己身世的那一天，目光之所以会被那台织机吸引，或许是因为那里依然活着母亲的愿望。

青田先生传授给母亲的知识中，最重要的无疑是植物染料。植物染的色彩之美，母亲通过青田先生领悟，又将它传给了我。在昭和年代初期，化学染料才是属于新时代的色彩，世人热衷于其丰富的色域。相比之下，草木染的手织物则代表着贫乏，为时代所轻贱。因而辞去学校教师的公职，专注于用草木染线织布，是近乎狂人之举。甘愿在汹涌澎湃的时代洪流中逆行而上，去溯本清源的行为，与当下新势渐衰、大局已定，世人才终于仰慕源流的举动，有泾渭之别。青田先生留下的为数不多的几件织物，充满了顽强、新生的气息，抑或是一种无法压制的气魄。那些当时用苏芳、桃皮、蓼蓝染就的丝线，与织机一起收于仓库中那口黑漆苎麻编篮里。它们丝质上乘，颜色至今熠熠生辉。多年后，经历失败的婚姻而身心俱疲地回到母亲身边的我，立志于织作的那一刻，再次取出了这些在苎麻篮中封存已久的丝线。

母亲说："我本以为，这些丝线会在我死了之后，被拿到废品站烧掉呢。"

我开始织作的昭和三十年前后（20世纪50年代），虽与青田先生所处的时代迥然不同，这条道路却依然晦暗混沌。战后，大众急于吸收新兴文化，无暇顾及已濒临灭绝的日本手工艺。靠植物染和手织来养育两个孩子，委实是无谋之举。母亲一度坚决反对，不惜把我撵走，也是出于对这条路深深的忧惧。在那段黯淡的日子里，最终默许的母亲，提议我去拜访她在民艺协团相交甚笃的木工黑田辰秋先生。她说，黑田先生是一个无论忍受何等贫穷，都不会在工作上妥协的人。

我在黑田先生那儿待了一整天，被不善言辞的黑田先生的一番热语打动，内心不再旁骛，坚定了自己精进的道路。

约过了一年，黑田先生推荐我出展传统工艺展，母亲却坚决反对，说没有十年的功夫不可能有拿得出手的作品。虽深知自己修为还远远不够，但盼望着早日与孩子团聚，独立抚养他们成人的我，实在等不了十年。有天晚上，在如梦似幻的情境下，一件美得不可方物的织物在我眼前若隐若现。我认定这是必须把握的机会，终于不顾母亲的反对，悄悄从她的苎麻篮中取出丝线，织起了腰带，如祈祷一般，近乎忘我地织作。

待腰带织成，已经是展品提交截止日当天的清晨，卧病在床的母亲在看到那条腰带时，由衷地为我高兴："做到这一步，就算落选也值得了。你尽力了。"

"你能选上，就是枯木生花。"——此前一直打击我的母亲，当得知我入选的那一刻，便奔走着去找建筑木工，要为我专门建造一座小工坊。

母亲在不知不觉间，帮女儿达成了心愿，圆了梦想。

在对织机的挑选、购置丝线的渠道一片茫然，亦无任何植物染料的参考书供翻检的情况下，一切都费尽周折，屡屡挫败。母亲看在眼里，安慰我说所有的付出都是在交学费，给予了我无尽的支持和包容。

当时，滋贺县境内大约有将近二十家蓝染坊，勉强维持着生意，不想数年间，倒闭了一大片。母亲选了几家染坊，委托对方染线，比较色彩，无奈每一家都使用人工蓝玉或采取混合建蓝的方式，蓝的成色总是不够清透。直到母亲偶然听说在野洲有一家名为"绀九"的染坊，用本蓝修复国宝级的古裂，便带着我去拜访。

母亲始终忧虑于蓝染有朝一日面临失传，多次嘱咐我，工作要以蓝染为中心。事实上对于自己的衣装，除了蓝染的和服，我未曾见母亲有过他选。母亲深爱着蓝，称她为"绀夫人"亦不为过。她深信日本女人只有着蓝染和服时才最动人，并一直梦想着能够亲自建蓝，从弃业转行的蓝染坊那里收了好几只染瓮。

近江盆地的正中，面对着瓶割山（长光寺山），一座小小的织坊建起。白鹭轻点湖面，在无垠的稻田上翩飞。傍晚时分，月亮挂在山脚下的竹林边，织坊中两台织机并列摆放，我和母亲在菜花的芬芳中整日织作。

母亲感慨："这真是人生的礼物啊。"那片多年的亲情空白，至此终于补足。

如前文所述，母亲成长于大阪的商家，在服装上也多少见过世面。面对对于和服几近无知的我，母亲每每过度干涉，毫不留情地批评。

我说："做出来之后再批判。刚做一半就被你批得体无完肤，工作就做不下去了。"

母亲反驳我："你的事前规划太含糊。所谓三思而后行。多去博物馆看看那些老作品吧！"

虽然不甘心，但母亲是对的。而年轻时的我总要跟母亲对着干，想要甩开她，超越她。

当时的日记中，我曾这样写道：

喜欢茶花低头绽放的母亲

已经老去

到了真正需要关怀和温柔的年纪

我却像个任性的孩子

掷出刻薄的石子

伤她的心

对于这样的我
母亲似乎想要抱紧
纳入她宽厚的怀中

现在
她也许正在父亲的身边
沉沉睡去
樱花色的睡颜
如少女一般

　　母亲非但没有被我扔出的石子击退，反而更坚定了自己
的主张，从各方面占据先机，以迫使我不得不屈服于她。而
我也不是个意志薄弱的女儿，绝不轻易投降。在另一层面上，
又或许没有比我们更意气相投的母女了。以苏芳染成正红的
丝线晾晒在庭院里，我们定会不约而同地去看；对方想织什
么、会如何配色，彼此也了如指掌。但这往往也是矛盾和冲
突的根源。

在我织作了四五年后，意识到母亲有时候，是把我的工作看作她自己的了。当然，在此之前我一直在母亲的光环下工作，这种情况在所难免。如今我也会反思当时自己的种种任性所为，但毋庸置疑，我一直很渴望摆脱和超越母亲。尤其是在我有意识地确立自己的工作方向后，更焦躁难耐，与母亲激烈地对抗。

一枝夫人也曾说过，没有母亲就没有我今天的成就。而母亲看到我羽翼渐渐丰满，虽有一丝寂寞，却也放下了心。

或许是母亲自知时机一旦成熟，我终将展翅离巢，便督促我尽快把东京年迈的养父母接过来，尽自己最后的孝道。

现在想来，我的养父母有着极为宽宏的心胸和度量。在我人生的谷底，他们痛快地接受了我奔赴近江的决定，并代我抚养两个年幼的孩子。养母从不干涉我的工作，对我宽容之至。为回报这份恩情，母亲和我都非常渴望尽快安顿好他们的晚年。

与母亲在近江共同生活了近十年后，终于到了分别之日。母亲过去虽然常说"能跟福美重聚，是人生的礼物"，面对分别却也坦然，处处亲自张罗。我考虑到两个女儿的入学问题，和养父想在京都度晚年的愿望，遂决定移居京都。之后，母亲每天往返于近江与京都找房子，风雨无阻。前后花了半年的时间相看比较，我和母亲终于选定了现在居住的这个位于洛西嵯峨的家。

很快，我从东京接来了养父母。将所有行李从近江的家搬离的那天清晨，站在屋檐下的母亲，笑眯眯地向我挥动双手。她的身形仿佛又小了一圈。母女重聚后，我加倍地从母亲身上汲取童年缺失的母爱，母亲也毫无保留地补偿我，甚至不惜让自己衰萎。这份供需在我们之间顺畅地进行，让我们终于变成了一对正常的母女。

我离开近江之后，母亲兴不能止，又继续织作了一段时间。她一个人默默黾勉于制织，试图将各种条纹织进一件和服中，就像她那本《诸国缟帐》[1]裂帖集。她回首往昔，对着织机铺陈心迹，时而絮叨，时而哑然，手却从未停下。

就像一场不必赶路的独自旅行，母亲比我在她身边时更一力勤心于织作。她坦言："无论寒暑，只要能够织布，比去哪儿都幸福。独自与织机相对，简直是人生极乐。"

1　"缟"在日语里即条纹之意。

细密的茶色条纹纵贯于浓绀色的底面，纬纱则绵密地延展，宛如母亲的内心独白。织作这件和服，她应该使用了近三十种颜色的纱线吧。凹处灰绿色的晕染仿佛映射着光照，旋即凝成紫色，似有旅人在此歇脚。细密的黄土色与退红色成为永恒流淌的旋律，又被一圈似有若无的白色和墨色轻轻包裹，被一丝一线细微而敏锐地侵噬。整件作品呈现出沉静而引人怀念的音阶。除了"母亲的色调"，没有别的词语可以为它命名。

正如翻山越岭后的登顶，对于痛失爱子的母亲而言，这样的作品是她的念珠，亦是她的镇魂之色。

耿直得近乎愚笨的母亲，如今已迈入耄耋之年。如果看到我这样写她，一定会像个少女般害羞起来，请我"什么都不要写"吧。

（1980 年）

177

我的兄长

——来自一本日记

　　"死亡赋予我夏日正午般的静寂与平和。"——哥哥小野元卫在他去世前一年的日记中写下的这句话，一语成谶。昭和二十二年（1947）八月二十四日，盛夏灼热的天光下，原野上的草木寂静无声。一片肃穆中，哥哥结束了他短暂而热烈的一生。在人生的最后阶段，明白自己死期将近的哥哥，站在生与死的霞光之间，透过网眼，静静观察着这个世界。有时，那目光是厌世的，充满恐惧与绝望；有时，又仿佛婴儿般的眼神，在帘幕深垂的安宁之中向神祈求着欢愉。而他始终祈求的，是自己在绘画之路上的不断精进，和对工作的永不止息的热意。

一

　　大正十二年（1924），哥哥随父母从九州移居近江，与姐姐一起进入八幡郊外的一所私塾式小学，在来自成城学园的谷腾先生门下接受教育。该教育模式最早见于沃瑞斯[1]先生创办的清友园幼儿园。这种特殊的教育方式成为一种力量，孕育了哥哥内心尚未被唤醒的资质。他后来能走上绘画的道路，这里可谓最初的一步。哥哥天性喜欢作画，曾立志要以此为生，但这条路万里挑一，难度可想而知，家人也为此深虑不安，哥哥才转向更切实际的陶艺。幸运的是，承富本宪吉先生的知遇之恩，在他的建议下，哥哥最后进入了京都第二工业学校的陶瓷器专业。在日记当中，哥哥也以潇洒遒劲的笔力记述了当时的情景。

　　从毫不起眼的荒地中挖掘、揉捏泥土，创造出世间

1　威廉·莫瑞尔·沃瑞斯（William Merrell Vories, 1880—1964）：美国建筑家、社会事业家、传教士。他于1905年来到日本，在滋贺县近江八幡市当了一名英语老师，随后开展如医药、建筑设计、医疗、教育等领域的业务。所有的事业都集中在近江地区，并且将所得利润全部投注于当地的社区服务。

稀有的美丽陶器。这样的作家多幸福啊。工作带给他们喜悦与快乐。毫无怨气、永远欢笑的人该有多幸福啊。如孩子的笑容般带来润泽与希望的陶器，是至难的吗？以及如美丽的姑娘那样清纯健康的釉面，这样的陶器，有人做出来过吗？我不由得想呐喊：艺术不是可以相授的！应自学自悟，辟路前行。我要学习。为了父亲，为了母亲，也为了兄弟姐妹。

认定自己的方向，不道听途说——渐有所成的哥哥手捧一掬黏土呐喊着。想做出好的作品、想画出美的图画，而包括陶艺在内的一切领域，都有其局限。严格来说，对于宗教和艺术，没有破旧立新这回事。学习古来的一切手法和样式，去真正认识那些古作的美，认识到它们的珍贵，并沉潜于内，向它们低头，如此，才能抛开声名诱惑，只为美而工作。追求美、将美而耐用的陶器平价地普及，才是这项工作正确的方向。只要坚定地走在这条路上，就会遇到更宽广而美好的风景。哥哥认为，不仅是陶器、绘画，对于所有的艺术之路，这样的道理都是相通的。

我的内心贫乏。每当心里寂寞，思绪就会转向陶器。

陶器啊，我最后的光，它如此深奥，像一口清美的水

井，充盈着永远汲不完的水。

　　哥哥虽然最终回归绘画，展现出强烈的欲求，但正如这
段小文所展现的那样，他对陶艺的感情就像初恋，始终流动
于那风景色彩画的底版上。哥哥终生对陶瓷保持着细致的观
察与热爱，在他身边，总有白瓷的盅和罐子相伴左右。

二

　　昭和十三年（1938）三月，哥哥从京二工毕业，便进入
陶器研究所。同年六月，他在京都拜访河井宽次郎先生时，
受到了极大的触动，在即将迈入弱冠之年的年轻的心中留下
了不可磨灭的印象。哥哥以跃动的笔调，记述了那天的经过。

　　昨日，在京都河井先生府上，听了一番令人拍案之

语，委实受教匪浅。不去追求幸福，因为自身就是幸

福。迄今为止，我从未这样深刻地思考过生命，但是，哪里还有比生命更珍贵而深奥的东西呢？对于尊贵的神灵赋予我们的生命，我却漫然轻看了它，真是大错特错。我决意痛改前非。我的灵魂啊，好好思考吧。眼前有美好的艺术，耳边有金玉良言，还有最爱的音乐，不是吗？我活在神的恩惠和慈悲下，却妄自尊大，实在愚不可及。与敬服神灵，忠于真理，在信仰中度过一天相比，执着于金钱和名誉有何意义？贪于肤浅的快乐又能如何？做一个真正的人吧。一个心地温和的人。

这份对神灵的无尽感激化为对深宏自然的赞美，唤醒人类最朴素的感动。伸向天空的青油油的新麦，神秘的红色牡丹芽，从温润泥土中挖出来的竹笋，被露水打湿了的鸭跖草，四肢发达的促织……这些沐浴在初夏暖阳下悠悠长芽的自然生命，被哥哥的画笔不断描绘。那幅《鸡冠花》也是在这一时期画出来的。这些作品可以明显感受到，哥哥试图在绘画中寻求一种新的表达。当初受外界的影响而选择的陶艺，虽然始终是他艺术的底流，但终究只能算是过程。不久，由于劳累过度，哥哥旧疾复发，但很快痊愈，又迎来了新的一年。

三

昭和十四年（1939）一月一日

我憧憬童颜如来。以我污浊丑陋的灵魂，描画佛像无异于亵渎。可我为何甘冒亵渎之罪来树立本愿呢？因我希望通过画笔，通过佛像无限温暖的爱的恩赐，找回内心的真与善，也希望我用心描画的童颜如来，能为以一片至诚爱心将我抚养成人的母亲带来一些安慰和欣悦。在此，我真诚而郑重地写下，我的本愿绝非出于任何不纯的动机。并且，这个本愿的形象，取自木喰上人所雕刻的千体佛。我们对童年的追忆，始于木喰上人的佛像。当年，柳宗悦先生将上人的一尊千手观音像赠予寒舍，让全家人有幸在佛的光照下生活至今。母亲至今依然常常忆起，某次在她泣拜时，年幼的我和弟弟悄悄坐到了她的身后。我对着佛像画写生，弟弟却在自己的左臂上写下'爱观音'的字样。那年我九岁，弟弟七岁。

从岁末的二十四日一直到新年正月三日，哥哥如日记所述，与佛像朝夕相处，一刻不停地描画着童颜如来和木喰上

183

人所刻的佛像。从前一年的植物素描阶段起，他进入了一个充实而和谐的创作时、期。

母亲从年轻时起就坚定地追求信仰，她对佛祖的虔诚，也在不知不觉间传递给了哥哥，成为他的心灵寄托。他描绘出如此动人的童颜如来，那既是母亲的宗教梦，也是诗。

须特别铭记，这三十多幅佛尊画像，虽出自我的手，但它们并非我主动所为，而是我被赋予的权利。所以直至完成，连我自己都不知道会画成什么。

四

就在这一年，一场突如其来的暴风雨降临在这个如春日田园般平和的家。一直生活在父母的庇护下，未见过人间丑态，亦不知生存之残酷的哥哥，看清了自己的软弱，意识到了挖掘自我、相信自我的重要。这是一段刻骨铭心的经历。这以后，哥哥曾说："我已经无法再画出童颜如来了。未来我画的佛像，会有一张丑陋的面孔。"当他懂得世间的恶、残忍的斗争时，也就明白，浑身泥泞、伤痕累累，却依然执着地追求美才更真实。水至清则无鱼，他以亲身经历体验过了。

哥哥在绘画上未拜过师，他儿时，画家伊藤观鱼老先生常常来看他的画，看了之后不发一言。母亲请求伊藤先生指点一二，批评不足，先生却说："那样会毁掉一棵好苗子，现在默默旁观即可。"后来，哥哥曾去拜访住在邻郡的东光会的野口谦藏先生，得到了先生的指导。先生待他如亲弟弟，温和而充满爱心。

三月十五日

我觉得梵高和佐伯祐三[1]的一生，像艺术世界中悲壮的殉教者。那一幅幅将炽烈生命刻画得细致入微的惊人力量，那溢满整个画面的热情，那弃我的姿态究竟来自何方？看了佐伯先生的遗作展，我更坚定了自己的决心。知道有人比我还要认真地活着，比我还要认真地工作，真是一件幸事。以他的英年早逝而断言作品无甚价

1　佐伯祐三（1898—1928）：日本西洋画家，将野兽派和现代主义带入了20世纪早期的日本画中。大部分作画生涯在法国巴黎度过。1928年3月结核病复发并产生精神问题，一度自杀未遂，同年8月在妻子的陪伴下客死异乡。

值，乃是对他的冒渎。看啊，他以三十一岁的人生，完成了常人要花七十年才能完成的伟大事业。佐伯的路，并非所有人都能走。他用自己的生命换来了绘画事业。

哥哥接触到这些前辈倾注生命的的画作，痛感到身为画家，唯有内在的欲求才是不能放弃的，其结晶，将通过画呈现出来。他决定放弃陶艺，专注绘画，用十年时间完成修业。

三月十八日

我有无论如何也不能放下的命业。那就是描绘乡下的景色，描绘农民。为此，需要极为周到绵密的观察，持之以恒的努力，以及充裕的时间。梵高笔下不是那些对流汗的劳动者背过脸去的贵妇和绅士。他画的是劳动者，是"吃马铃薯的人"。这也是我想画的。茅草屋顶的房子、淳朴的乡间村落、乡下的小佛堂、水流清澈的小溪、装点它们的树木、不知名的花草、追赶着撒野的牛的农夫、放学路上的孩子，这样的情景是多么真实而朴素啊！

五

哥哥最终如愿成为一名画家，为事业打下了扎实基础，对未来重燃希望之火。然而在这一年的年中，他再一次病倒了，却不曾放弃精进绘画的愿望。翌年三月，他的弟弟（我的二哥）小野凌在临医专考试时不幸病倒。而哥哥到了春天又渐渐康复，他随即动身前往东京，进入文化学院进修。

哥哥自由奔放，对包括绘画在内的人生中的一切，都敞开胸怀。当时，整个日本以一种令人窒息的速度奔向现代化，尽管并非一帆风顺，但时代的脚步从未停驻。哥哥也充分浸润在这一时风下。多彩的学院生活，于哥哥既是一种有力的刺激，也猛然唤醒了他体内沉睡至此的乡愁。故乡近江那片草木生茂的环境所赋予他的特质，曾被手术刀毫不留情被切割、削损，被伤害得体无完肤，但他仍然昂扬着斗志，大胆地表达自我。他热爱怀才不遇的画家村山槐多、手塚一夫、长谷川利行，亦对乔治·鲁奥、莫迪利亚尼、岸田刘生、小出楢重由衷地敬佩。

将哥哥送去东京学习的父母，无一日不牵挂体弱多病的长子，也祈祷他能在绘画之路上有所成就。直到期盼已久的暑假到来，而哥哥却没能带回一张像样的作品。看起来他只是因过度消耗而身心俱疲，渴望尽早回到父母的怀抱罢了。父母的失望可想而知。某天，父亲甚至拿出一把祖上传下来的短刀插在哥哥面前，告诫他："把绘画扔了！"那天哥哥跑出家门，直到傍晚才回来，他手臂中抱着几张以农家为题材的画，脸上放着光："画出来了，画出来了！"母亲至今仍会时不时地回忆起当时的情景。《家》《武佐眺观》就是那时的作品。那个时期，哥哥的画作总是给人感觉带有年轻新鲜的力量，燃烧着一种对抗的欲望。这从当时他给母亲的回信中可见一斑。母亲曾在信中对求学中的长子的将来表示担忧，哥哥这样回答她：

　　如果我不得不为了面包而工作，那我将忍痛抛弃绘画。画画绝不是可以兼职来做的事情，对我这种身体羸弱的人更是如此。绘画需要全心全意的付出。母亲您经常说宗教和艺术是一回事，而一个真正意义上的宗教家在考虑'道'之前，会先考虑面包、考虑生活的安定吗？您作为母亲的担忧让我很感激，但关乎事业，需要的是更为激烈和严峻的东西。连梵高这样的人，在死前一年给自己挚爱的弟弟的信中都曾谈到，如果是为了生活，他将会抛弃自己爱之甚于生命的事业。他看到自己给弟弟带来了莫大的负担，最后却也因这份自责而自杀。当我读到这些事，忍不住悲从中来。真正能够进入人心的艺术，多是诞生自这样的境遇。要为了面包而工作的当代人是悲哀的。之所以现在无人怀抱如此热诚去纯粹地搞艺术，是因为大家全都变得'聪明'起来了。全心投入的人少之又少。最好是能够完全不担心生活，尽情地作画。创作上的痛苦，对一名画家来说已足够痛苦了。凌弟如果状况不佳，我可以放弃绘画，可以横下心为了生活选择去挣钱。我身上那份现代人的聪明是一种打扰，让我无法做出冒进无谋之举，却也是我自身对创作的热情不够之故。事实上，如果没有一股哪怕乞讨也要继续创作的决心，是不行的。我曾有过哪怕当乞丐也要画下去的冲动，但一想到父母就会迟疑。如果凌弟的身体状况导致他一辈子都无法工作，那我将抛弃绘画。但是如果凌弟好起来，那么除创作之外，请不要对我有任何期望。我曾说过必须要做到一流，但我不是为了成为一流画家而去作画。我也不会为了得到宗教家的赞赏而

去工作。我工作，是为了要感受到更为深切的真实。与
其让我成为一流的画家，不如鼓励我，即使平庸，也要
做那终其一生不会谄媚他人的真实的画家。

在那之后经历了十载风霜，我在更为严峻的现代社会读
到这封信，想到那些有志青年们的苦恼，想到他们在生活和
工作的选择上作困兽之斗时，胸中不禁一阵发热。对于那些
想要在真实的工作中生存下去的人来说，这个问题才是永远
需要背负的十字架。并且，随着时代的发展，条件变得越来
越苛刻。梵高也曾说过，贫困彻底阻碍了本应茁壮的灵魂。
但是从另一种角度来看，不正是因为背负着这样的十字架，
才诞生出那些直击灵魂的作品吗？创作这条道路荆棘密布，
泥泞难行，而它需要的就是这种无论条件多么艰苦都不能停
止作画的不屈的灵魂。

我在用颜料表达那些说不出口的、激烈的告白。当
为了作画哪怕付出生命也在所不惜的热意涌来时，我才
开始工作。我相信人类立于危时的美、奇妙，我相信作
画是我的天职。无论多么悲惨的境况，不屈不挠地一力

于工作，也许才能真正成就。

哥哥的画作曾一度被周围的人否定，被评价为变形艺术或者耍小聪明。当时，在他的日记中有这样一段记述：

他开始了一个人的征程，攀登那座崎岖不平、起伏剧烈的山。用尽全力，终于越过了最初的一段。只见碎石迅猛地落下，正砸在他的头上，使他头破血流。但他毫不退缩，又开始攀登下一段陡立的山路。他抬头。山顶云雾缭绕，模糊不辨，但似乎比他想象得要高。他累得几乎脱力，手脚发麻，却仍然一步一步地向上攀登。

六

昭和十六年（1941）十一月十八日，双亲最后的祈祷最终落空，二哥小野凌在我们的悲痛中，启程前往另一个世界。对哥哥而言，目睹自幼一起长大的手足未能逃脱鬼门关，就像是失去了一半身体。他沉浸在极度的痛楚中，在当时的日记中这样写道：

十二月十七日

人终有一死，我也会有这一天。人的生命脆弱又悲伤。凌弟已经不在这个世界上了。无以挽回的现实竟如此折磨人，将人拖入无垠的深渊。年轻的死亡意味着人生永远定格在中途，这种痛苦非比寻常。明天将迎来满月忌辰。想起上个月今晚的悲痛、哀怜，那是一个让人刻骨铭心的夜晚……悲伤的时候最好哭出来。我的宗教心日趋强烈。我可以承受，元卫啊，面对这巨大的痛苦，你一定要咬牙挺住。正是因为如此沉痛的不幸，我们才必须要竭尽全力地活下去。

转瞬间，悲伤的冬天过去，在寂寞中又迎来了春日。

昭和十七年（1942）三月十日

我含着泪水，接受这份来自心底的平和、安静和喜悦。熬过所有令人心碎的悲伤后，在这间寂静狭小的房间里，我真切地感受到微笑的降临。远处隐约传来电车声。我独自一人凭案而坐，久未有过的法悦充盈我的身体。我想，能让曾无比痛苦的我如此平静，这样的人间是值得的。我不能就此死去。路途漫长，众生受苦，我也在承受痛苦，这就是世界的本相。父母身在远方，却一直挂念着我，对双亲尽孝将是我余生唯一的志愿。年迈的父亲为了没有经济能力的我，还在呕心沥血地工作。我内心垂泪，却无能为力。请原谅我的不孝。我相信自己，鼓励着自己。我坚信，自信与自励就是我的孝道。

七

就这样，东京充满波澜的生活终于画上了休止符。对于哥哥来说，一个具有决定性的阶段到来了。他为何在毕业前夕结束学院生活，突然返乡，在下面这则日记中有记载。

昭和十七年（1942）十二月二十九日

现将自己的决定和打算记在这里。我心意已决，准备离开东京。为此，我用自己的全部生命做赌注。工作上的成败就在这两三年内见分晓。是时候要少言多行了。孤独起来吧。只与古典交往。运用古典精神才是我的最高目标。除此之外我别无他求。我想作画，想要真正地投入。我想以一颗执着的心来表达自己的信仰。绝不狂妄聒噪。尽量避免与人见面，过一种默默努力的生活。我要作画。绘画是我人生的全部，是我的生命。我绝不独自痛苦、气馁。不为他人所支配，相信自己，摒除欲望。要记住，欲望才是最令人恐惧的东西。准备好背水一战。全心全意，只为画出好的作品而努力。将专注于这件事作为人生的唯一目标，是最崇高的。

而哥哥也写信给当时身在上海的我，信中有这样一段话：

一位名叫禅月的唐朝和尚所创作的十六罗汉图，我看得很深。那是老人的脸。惠特曼曾说，衰老的要比年轻的美，看到这幅罗汉图时，我被它的深不见底打动。在我看来，凌弟曾拥有的深邃、宽广、温暖，正浮现在老人的面孔上。这是想着那个人时画出来的作品。

小野元卫 《朱漆佛像》 油画小品

小野元卫 《尼古拉堂》 油画小品

在两年的都市生活中，哥哥画过教堂、街景、桥梁、工厂、人像，他观察漂泊之人的真实面貌。迅疾紧迫的时风与严酷生存的虚幻感激烈地冲撞，哥哥所寻求的最后的救赎，仍是佛画。再次回归田园的他，将目光投向先祖所信仰的无尽世界，开启新的旅程。他在当时给我的信中这样说道：

请为我抛弃了虚伪的都市生活、投身于真正孤独而清贫的生活感到高兴吧。将我欢喜地迎入这个世界的是佛画。我要在这里终极一生创作佛画，这是我唯一的救赎之路。这是我的信仰。藤原、镰仓之后的佛画，是冷漠而空虚的。重新扭转向真实，是多么庞大的工程啊。置身于孤独中描绘佛祖，没有什么能比这更让我感到灵魂的充实。在当今世上，几乎无人画佛，我愈发感到自己的使命之重大。每当想到自己肩负着如此重任，就不能让自己病倒。

这期间，哥哥埋身于佛画创作，终日描绘着坐禅的僧侣。但当这些佛画摆在面前时，他又数度想放弃，想丢下绝望的画笔。

工作进展困难，如何才能一步步地向前迈进呢？除了从古典中学习，并无他法，但是越看那些古典作品就越会觉得焦躁。为什么这么难呢？我被古典作品中那种动人心魄的魅力所慑服，无从下笔。看来只有踏踏实实地向前进。

　　哥哥当时还曾说过这样的话："在这混沌的现代社会，能否摆脱罪恶的意识而描绘佛像呢？自己的佛画只是在形象上借用了佛像的壳，实际上都是受苦之人的不够美丽的面庞。这是我的真实的灵魂告白，是一种赎罪。"

　　他还在日记中写道：

　　现在的我，直面死亡，除了希望拥有能看透所有事物的深刻之外，别无他求。在对死亡真切的恐惧面前，我了然了迄今为止自己对人生的草率。越在煎熬中前行，就越会发现人世的无味冷漠。临终之人在寻求灵魂的救赎时，以被千刀万剐的心情，执着地寻求真实，结果却进入到所罗门所说的凡事皆虚空、一切都不值得的心境，进而在最后被宗教救赎——我想除了自杀、发疯、皈依宗教之外，受尽煎熬的人类没有其他的存在方式。诸行无常的人类只相信爱，在绝对的事物面前只有不自觉地跪下双膝祈求。

但是，为寻找最后的救赎而走向佛画——哥哥自己所寻求的"登山口"——现在想来，是否是一条更接近禁忌的道路呢？因为哥哥最终并未真正地皈依佛教，念佛诵经以求救赎。他也没有像基督徒那样呼唤主来寻求救赎。他只是深陷于自己的世界，独守这份孤独。也许是因为他看到了皈依的前人所面临的严峻，已超乎他的想象。古人通过雕佛画佛而与纯粹的信仰相结合，那里不存激烈的怀疑、虚无和烦扰。哥哥也努力寻求一种彻底的信仰，最终却未能如愿，不过是把在画道上精进的自己搞得伤痕累累，唯有泪眼自顾，自我疗伤。有一次，哥哥曾让我将他的画作尽数焚毁："如果非要留下，那就拣喜欢的留下两三幅，剩下的全部烧掉。"至今我依然相信，他是以一颗虚无却又澄净的心说出这番话的。而有时候，他又像对待孩子一般爱惜自己的每一幅作品，以一颗父母心去欣赏。

那时，哥哥经常去京都画教堂。那是一张用墨色描绘教堂高耸的塔尖以及正殿，点嵌着朱墨的画。到了这个阶段，他已可以在众目睽睽下平静作画。他曾向我提过，有次他正在作画，一位年迈的神父充满慈爱地招呼他，带他参观了教堂内部。

当时已近傍晚，夕阳的光线通过花窗玻璃泻下来，美妙的色泽深深打动了他。在微暗的圣堂深处，面对十字架上的耶稣，他竟不自觉地产生了一种下跪的冲动，祈求神明让自己画出一幅能真正净化心灵的作品，为此他不惜献出生命。

八

昭和十八年（1943），战局紧迫，哥哥的活动也受到限制，但他的生活却被深化了，在暗翳中溢彩流光。这一年，他几乎都在病中度过的。

昭和十八年六月二十日

我真正进入孤独的世界了。虽然寂寞，但能活在和谐中，我是幸福的。今后的我依然会保持自律和心灵上的平和。我想用朱墨作画。心中的朱红火焰一旦熄灭，或许我就会崩溃。我不需要任何世俗之物。今后，我只关注自己被赋予的生命年限，而那是一个无限的世界，可以说它是艺的世界。在芭蕉和西行的生活中，都有我们无以想象的严酷，也有艺在其中，有真正触及到灵魂的东西。我也想追寻那样的生活。他们是我的模范。

在当时给我的信中，有这样一段：

我以为，宗教的本质，是对人如何以没有矛盾、不存浪费的完美姿态生存于此世的一种明示。当你去探求一件事物的真相，最终往往会触及宗教的本质。不可小瞧它，那是非常严格的精神世界。这与茶道中的一期一会意义相通。所谓一期一会，就像我现在写的这封信，对于一生中只写这一次的信，我清醒而认真地写。永远站稳脚跟，不怠于努力。人若有决心，无论承受多大的苦难，都清醒地遵循正确的智慧，依最高的智慧生存，那就没有难关。切不可以愚昧苟活。

九

昭和十九年（1944）七月五日，哥哥唯一的老师野口谦藏先生过世，他不得不再一次直面死亡的悲痛。

吾师野口先生以四十四岁的年纪与世长辞，令人悲痛难耐。野口先生是心灵的画手，是这个世上罕有的真正的画家。他知道我所有的缺点，并以耐心、诚恳垂范。或许，像他那样以一片赤诚去追求真实的人，难以活得长久。

去年弟弟过世的悲哀尚未消退，今又遭逢与老师的永别，不可否认，这些无法磨灭的悲痛在哥哥的人生中投下了阴影。哥哥珍藏着的一封老师的来信，以雕刻般的墨迹点嵌着这样一段话："你我所走的道路，狭窄而僻静，是属于独自一人的、寂寞的单行道。"

那年秋天，哥哥在近江的野外漫步，突然发现山脚树丛中静悄悄凋谢的胡枝子花。他写道：

这是怎么了？刚送走弟弟，又要面对老师的离世。在弟弟去世时，先生曾经赠与我一幅白莲花的画轴，说："黎明之白送与你。"为什么留下的偏偏是最体弱的我？也许我也很快会赴死。看到这胡枝子花，我想起源实朝有这样一首和歌：

萩花日暮尚存几

月出观之却无踪

想到老师和弟弟的生命，更深刻地体会到诗中况味。

十

急景残年里，即将迎来昭和二十年（1945）。这一年，日本遭到了猛烈的空袭，哥哥的朋友们纷纷奔赴战场。送别友人，让他对前景生出绝望，深切地体会到在一个被摧残的荒蛮世界，要取得绘画上的精进几无可能。在那期间，哥哥经常把"自己一个人无法作画"挂在嘴边。

昭和二十年五月十六日

　　每当回首自己走过的每一步，都想含泪抱紧自己，
怜惜自己。我已经备下毒药，心中做好了即将上路的准
备。当那白色棉花一样的毒药在我体内奔流时，我就会
去往遥远的彼岸。一面鼓励自己必须坚强地活下去，一
面又被人生摧残得遍体鳞伤，败下阵来。但或许，这才
是我最后被宽恕的人之诚实所在。死亡固然可怕，但同
时我也感受到了死亡带来的夏日正午般的平和与静寂。
我是一个理想家，而理想家在现实面前会败得体无完
肤。现实与理想之间的差距，让我厌世。

　　在这种极致的厌世观的笼罩下，在那样炽烈的战火之中，
哥哥究竟是如何生存下来的？绘画曾被他视作一种神圣的信
仰，可如今却连手握画笔都无法实现，在肉体的痛苦挣扎中，
是什么支撑着他？我想，在痛苦的日子中，父母源源不断地
倾注于他身上的慈爱，让哥哥活着的最后牵绊，与孝养双亲
之间有着关联。或许在这种关系里可以找出答案。终于，这
年的八月十五日，战争结束。

昭和二十年八月十九日

历史发生了巨变，日本赌上三千年皇朝历史的战争遭遇完败。历史将会改变。但是必须要忍耐。与其憎敌，不如自省。在此遥拜，但愿这种可以招致人类灭亡的战争从地球上消失。必将载入日本历史的苦难时代即将开始。必须要经受住各种考验。每个人都要为个人的自我完成付出极大的努力，只要在各自笃信的道路上坚定地走下去就好。我也要抛开那些虚无的想法，真正有所建树。在有限的生命里，向艺术顶礼膜拜。

十一

昭和二十一年（1946），对哥哥来说，是罕有的风调雨顺的一年，战争的结束带给他不可思议的力量与喜悦，又有了重拾画笔的希望。从他去世前一年的冬天直到翌年初夏，他创作了大量的风景画和佛画。而在画风景画之前，哥哥曾经说过这样的话："我已告别了朱绘时代。朱之美，是燃烧着奇异光芒的青春之美。最近，我终于发现了新的美妙色彩。我想把青蓝的惊人之美带到我的画中。它是我对陶器的梦想。我曾经梦想着自己能够烧制出青蓝的陶器。它是汲取了古九谷、乾山、宗达之传统的颜色，也是在古代扇面、绘卷上可以见到的颜色。此外，还有一种颜色，是附近一户民宅的土墙上那种温暖的土黄。这是我今后想使用的两种颜色。从京都到这一带的风景，如果用这两种色彩来描绘，该有多么美妙！"

哥哥当时眼眸中闪耀着光芒，如今我依然历历在目。而他在小一些的画纸上画的草图，就是老苏村的山丘以及民家住宅。

当时，哥哥接触到京都若王子冈崎家族藏品中的宋、元、明代的绝品画作。王维的《伏生授经图》《雁》等名画作品让他动容，也更激励了他。

"欣赏宋元画作，对我的创作将产生了极大的影响，它们与日本的佛教美术一起，会成为我绘画的基础。我要深入学习它们的精髓，使之成为自己的骨肉血脉。"以下文字，就是自那时起直到他去世前的日记，是他人生最后的记录。

昭和二十一年二月十七日

从开始工作到今日，已过去了三天，虽然迟迟不见进展，还是要努力地一步一步走下去。制定一种近乎疯狂的魔鬼生活节奏，相信自己的艺术，溺爱它，为它奉献一生。这是我诚实生活中的幸福使命。村上华岳曾将绘画生活比作"密室里的祈祷"，他说得太好了。我要在这间令人怀念的房间里继续精进自己的"密室祈祷"。愿神灵保佑我能够在这条路上继续行进，我向神灵祈祷，并奉上感恩。

四月八日

暮色渐浓，白日西沉。今天一整天都在伏案创作，身心俱疲，而学习还远远不够。必须对自己更严苛，牺牲健康也在所不惜。要觉悟到自己是被选中的人，要对工作抱以绝对的自觉。

五月一日

《五月之歌》让我不由得热泪盈眶。宫泽贤治曾说过，"在世界所有人尚未幸福之前，个人的幸福是不可能的"，我发自内心地祈愿，共产主义运动可以真正地站在贫苦民众一方。我们要像一名劳动者一样勤恳、挥汗如雨地工作。画家真正应该感到自豪的，除了自己的画作，再无其他。但这并非要他人认可。画家如果连自己都知道画得太糟糕，那不如去自杀。

五月二十五日

从昨天到今天，我始终不停地作画，像一个劳动者。这样奋进的生活若能持续十年，作品才有资格呈于世。工作带来的疲惫虽然痛苦，但也让人欣慰。要竭尽全力地去努力。

五月二十八日

昨天画了一张自己非常喜欢的画。可能是到目前为止最好的一幅。我对它的喜爱无以复加，第一次为自己的画而感动得流下泪来。我要全力以赴，如果上天允许我多活十年，我一定要在死之前留下真正出色的画作。我需要充足的画布、颜料、以及健康的身体。我感到自己必须争分夺秒地奋斗的时刻到来了。

然而，充实的作画时期未能延续太久，很快到了初夏时节，哥哥不得不面对自己人生的终点。

五月三十一日

已然尽力却无收获，身体的疲劳甚剧，孤零零伏倒在床榻。但愿明日会好转。

六月一日

今晨也内心空落。我又一次瘫倒在床上，怀想着阿伯拉尔与哀绿绮思那凄楚短暂的爱情故事。哀伤与孤独让我彻夜未眠。

六月十九日

持续发烧十五天了，今天还是无法握笔工作。难耐的苦楚让我想放声大哭一场。我这样自愿而热情地修习作画，为何要遭受这等病痛以致无法工作？没有比这更悲伤的了。这次发烧时，我感到死神来敲了门，而如今我心中又燃起了一丝希望。身体若能好转，我会重燃自信，不懈学习。愿荣光降临于贫苦的我的努力之上。

六月二十三日

身体从未像今年这样疲惫，已到极限。无论肉体还是精神，如此受折磨还是第一次。或许，今年内我会因过劳而死。我很悲伤，却仍想在有限的生命里尽力活着。

凌乱的文字，字里行间仿佛迸发出无声的呐喊。在最后的一篇日记中，哥哥这样写道：

七月二十四日

昨夜我躺卧在榻，阅读梵高。他不得不走向自杀（必然）的悲剧，于我心有戚戚焉。画家中没有人比他更能引起我内心的共鸣。想来奇妙，我感觉自己的体质也与梵高极为相似。我是那么仰慕他，理解他，以至于不肯对任何人讲起他在我心目中至高无上的地位。我希望自己能像他一样，到死之前都随自己的心愿作画。自杀的念头经常会浮现在我的脑海。自杀或许是对人生的亵渎。但是我想，在自杀者里面，应该万中有一是值得肯定的。我想在从秋转向冬的季节更替时死去，不奢望多活一天。神啊！请赐予我赴死的勇气吧！

十二

　　至此，便是哥哥的绝笔。其后，他都在病榻上度过余日，再无力气握笔。那年的冬天漫长而寒冷，我守在哥哥的身旁，边读《卡拉马佐夫兄弟》给他听，边期盼着春日。陀思妥耶夫斯基穷尽一生所求，有意无意之间为了描写受苦之神的存在而写成的这本书，对于濒临生死幽冥之境的哥哥而言，如此贴合心迹。至今仍记得在大雪纷飞的夜晚，我坐在窗边为哥哥读书，甚至忘记了身体的寒冷。读到身患肺病的少年伊柳沙为吞了针的小狗的去向而焦急哀伤，一直到死都在祈祷的可怜的样子。读到伊万呼喊着："哪里有和谐可言？当孩子或无辜的人得不到补偿时的眼泪浸入大地，我宁愿让我受的苦得不到补偿，我宁愿留在得不到安慰的不满中。我只想宽恕，只想与人拥抱。却不愿世人再遭受更多的苦难。"读到佐西马长老临终前还在诉说着关于信仰的训言："哪怕世上所有的人都已误入歧途，只剩下你一人矢志不移，你也要独自赞美神。假如有两个像你这样的人聚在一起，那就是整个世界，一个生动的爱的世界。你们要在感奋之余互相拥抱，一起赞美神。"当我读到这些段落时，哥哥的泪水夺眶而出，那情景我至今难忘。

熬过最后的寒冬，春天终于降临。母亲和我将那年开得特别好的牡丹、银莲、罂粟堆满哥哥的枕边。他从心底爱着那些美得近乎神秘的花朵。

很快迎来万物萌动的炽烈夏日，年轻的生命也耗尽了最后的烛火。在去世的前几日，哥哥躺在让他受尽了苦楚的病榻上说："时候到了。一切终将迎来生命的终局。现在我只盼永恒的宁静。'寂灭'一词对于现在的我，是多么令人羡慕。"

那绝非出自已悟道之人的感慨，只是一个被拽入死亡阴霾中的年轻生命的深夜私语。在苦闷尽头，他的生命紧抱着最后闪现的一道微弱的光芒。我清晰地记得，第二天清晨，在茂密的夏草和密集的虫鸣声中，一枝红秋葵向着天际静静绽放。

哥哥去世之后，次年春天，我在一个雨天去了上野的博物馆。

循着时代顺序，我一一观赏了推古、飞鸟、平安、奈良、藤原、镰仓、江户时期的佛画、佛像和山水画，被强烈地震撼。一种深宏的感动，与空漠而困窘的近代悲剧，同时在我心中碰撞。尤其是推古、飞鸟时代的佛像、佛画所具有的高贵气质，与上古时代诸佛像的神姿最为接近。我想起哥哥曾说过，希腊的雕刻艺术再怎么卓越，他都不能从中感受到眼前的这份崇高。观看弥勒菩萨、观音像和三尊佛，我意识到，在上古时代，人的信仰已完全与生活结为一体，他们尽一切可能去亲近神灵。那时的佛像深深扎根于神的圣域，静静合上眼眸，沉浸于冥想之中。那象征着我们无以企及的人类劫初的样貌，只存在于世间一切丑恶、悲惨、苦恼出现之前的那个静谧而神秘之境。那一刻，我突然懂了哥哥为何会为佛画倾注心力，同时，我近乎战栗地感到自己冒冒失失走在哥哥未曾到达的牙城。哀叹自身罪孽深重的哥哥，病体羸弱的哥哥，身陷泥沼却无比向往着登上清净无垢、庄严险峻的山峰。在他去世前一年的日记中，曾痛切地祈求再得十年的修习时间，但在上古的佛像前我意识到，那是需要二十年，不，需要永恒的修行方可抵达的圣域。村上华岳[1]拥有如此通透的灵魂和高超的技法，其山水画已达到了出神入化的境界，可为什么他笔下的那些神佛的脸庞，没能震撼我们的心，没能

---

1 村上华岳（1888—1939）：日本近代绘画大师。以众多佛教题材和山水画而闻名，对融合东西方美术、创造新绘画做出过贡献。

让人产生跪拜的冲动呢？我似乎有所体悟。现代人各自背负着罪责活着，无论如何祈愿，心中已不可能映现出圣洁的神灵之姿。华岳的佛像象征着苦恼、伶俐与寂寥，对于华岳来说，那些佛像体现出他自我修炼、自我提高的过程，拥有这些表情才是真实的。而我们，只有在被其灵魂的真挚所打动时，才会心生叩拜之情。人虽然不能直接从中捕捉到精神的安宁和信仰之美，却能听到一个在无尽苦恼中始终虔诚地祈求神恩的人的真挚告白。也正因如此，这些人的遗作才会拥有摄人的美。对现代人而言，那是否是只有凭借科学的武器才可以登临的牙城？对于不可侵犯的神之圣域，能无所畏惧、大摇大摆地登堂入室的，是否也只有科学家？这或许才是近代最大悲剧的根源，人类已进犯了不可侵犯的圣域。正如里尔克所言，人类已经走到了神的背后。如果是这样，不，正因为这样，在与其寻求一抹茜色[1]不如找到一块面包的现实面前，在荒芜的现代深渊之中，更不能丧失希望与信念。或

---

1 茜色：取自日本西洋画家兼诗人村山槐多（1896—1919）的同名诗。象征这位画家诗人22岁短暂却为创作燃烧殆尽的生命。（颜料）茜色即红色，"一抹茜色"亦代表生命的血色，象征活着的价值。——中文版校注

许我们忘记了神赋予人的使命，人类的归途也正在走向破灭，但我以为越是在看不清归路的狂涛中，越有需要誓死守住的东西。就像相信幽暗山谷间的小花凋谢之后，会有更秾艳美丽的花朵绽放，唯有信念不可失。哪怕仅存这一丝希望，也不会让哥哥的死成为一个失败者的悲惨结局，他的灵魂会追逐永恒，继续走在那条从一而终的旅途上，也定会迎来结出硕果的那一天。

（1956 年）

人生的相逢

白瓷大罐
——富本宪吉夫人一枝女士

丰盈的黑发松松地挽成发髻，一身唐栈[1]织锦和服，浓胭脂色的领衬若隐若现，宽厚的腰带果断地缀在低位，束法随意自然，如一团随风摇动的硕大花冠。陶艺家富本宪吉先生的夫人一枝女士，那时刚年过四十。身为当年青鞜社妇女运动的先驱，昔日的风姿犹存。

那是我第一次见到一枝夫人。正值一二月的寒季，夫人在白瓷大罐中插上了腊梅。她看着当时只有十七八岁的我，漫然地说："长得跟你母亲一模一样。"我很吃惊：夫人并未

---

1 唐栈：有红、灰、青、茶等竖条纹的绀色棉织物。最早在江户时代从印度进口的布料，后在日本经过改良，才成了今天的唐栈织。因具有丝绸般的光泽而被称为"棉制的丝绸"。

见过我的母亲啊。当时对自己身世茫然无知的我，并未意识到她指的是我的生母，而夫人也连忙岔开了话题。

无论如何，与一枝夫人的相遇让我珍视一生。她与我母亲是知己，这份友情一直持续到夫人离世。后来我舍家投身于织作，以自身经历给予我最中肯建议的也是一枝夫人。

"如果决定了抛开家庭，那就彻底地抛开。切勿藕断丝连，对丈夫和孩子心怀留恋。要全身心地投入到工作中。我未能做到这一点，希望你一定要做到。其实，你舍弃的东西，最终会以别的形式再回到你的身边。"夫人语重心长。我当时正处于割舍不断、极度犹疑混乱的心绪中，夫人的一番话让我痛下决心，排除万难去开辟一条新的道路。

其后，每当夫人看到我的作品，都会提出尖锐的批评，常常直戳我心。在我的初次个展上，她表示全场值得看的只有我母亲身上的那件蓝染和服，向我泼了一大盆冷水。当时，身边的人对我宠爱有加，我也以为做得不错。如今回想，夫人的话可谓忠言逆耳，而我当时虽然不服气，却又被夫人强烈地吸引，她的来信我至今珍藏着。信笺的卷纸上那些充满了美感的文字，仿佛写花花开，写风风舞，笔意生动通达。

（1978 年）

浮生

——冈鹿之助 [1] 先生

从田园调布的右侧略往上坡走一段，在一片碧绿的行道树夹峙的角落里，冈鹿之助先生的家便坐落在此。穿过沉稳的和式建筑的主屋，其深处竟还藏着一个属于冈先生的"法国"，那是他的画室。此次，上甲绿女士将冈先生的画册特装本的装帧工作委托于我，我便从京都带去了自己织作的裂的样品。后来，这本画册成为冈先生生前最后一部作品。

画室中摆着一张床。听说先生最近身体每况愈下，这或许是为了便于作画中休息。接待室里陈列着西班牙的古董摆件、古罗马的玻璃饰品、退红色的织物，还有一个小件的画框，里面是用一位已故的法国女人的头发做成的三色堇，美

1　冈鹿之助（1898—1978）：日本西洋画家。曾于1925年前往巴黎深造，师从画家藤田嗣治。1972年获得文化勋章。冈鹿之助因点彩派的绘画风格而著名，留下不少运用此技法的静谧而充满幻想的风景画。

得不带一丝阴气。这些物件的布局，色彩的阴翳，完全就是冈先生的画作本身。先生端坐其中，便是入了画。

夏末的空气透出丝线般细微的凉意。我们相处的时间很短，只有那天傍晚到夜里的几个小时。在漫长的一生中，这短暂的时刻仿佛胶卷底片上的定格，模糊地浮现在一片暗影中。这段空气致密流淌的时间，用"浮生"二字形容最为贴切，就像我掌中的一握沙，无声地、一刻不停地滑落，充满无法抑制的感伤。

"就像这样，开开心心吃过饭，到了夜里却时常会感觉呼吸困难，睡觉的时候，就在床边放个氧气瓶。已经习惯了。"淡然的语气里带着一丝寂寞，让我无言以对。从一开始慢慢品尝着饭菜的味道，到话题转向创作，先生的语调变得高涨起来。他说"以工作为乐的人是让人羡慕的"，上甲女士便开口道："以前您曾说自己的画是窒息绘画，还在文章中写过，有人评论您的作品是'天鹅绒监狱'……""现在实际上也很痛苦，"先生说，"不过呢，最近好些了。"又含指着桌上的花说道："这束花，我现在能稍稍换个角度来看它的橙色、它叶片的形状。打破物体固有的形态其实很难，所以我曾经尝试着描绘废墟。"

从事绘画六十载，谈吐却令人难以置信的谦逊和真诚。那晚，先生的话语连同他本人一起，像黑夜里唯一亮着的灯火，徐缓地从我的眼前消逝而去。

（1978 年）

清水坂上的家

——黑田辰秋先生

"黑田先生是无论多么艰苦，也不会在工作上妥协的人。他太太也为此吃了很多苦……"日本传统工艺展的会场上，母亲站在那件获得了朝日新闻社大奖的擦漆榉木架前，无比感慨。

自柳宗悦先生在京都创办工艺协团以来，母亲就与木艺家黑田辰秋先生保持着往来。我在她的建议下第一次拜访了黑田先生位于清水坂的家。那是距今二十多年前的事情了。

"真不巧，他去了东寺，不在家呢。"夫人招呼我稍作等待。过了一会儿，一个面容修长，宛如莫迪利亚尼[1]画中诗人模样的先生来打招呼："我是黑田。"他语调低沉，对着初次

---

1 亚美迪欧·莫迪利亚尼（Amedeo Modigliani，1884—1920），意大利艺术家、画家和雕塑家。因受到19世纪末期新印象派影响，以及同时期的非洲艺术、立体主义等艺术流派刺激，创作出以优美弧形为特色的人物肖像画，成为表现主义画派的代表艺术家之一。

见面的我谆谆而谈。当时的我对工艺领域尚如一个不知事的孩子，也踯躅于否要真正涉足织作，黑田先生对工作饱含热诚的真挚话语，像注入沙地的一汪清水，一点一滴沁入我心里。那正是我需要的。

先生的一番话，既鼓励我不要在这条艰辛而考验耐心的路上迷失了方向，又留意不去误导我，不给我施加不必要的压力。他坐在那儿，斟酌着措辞，手上还削着木头、涂着漆，样貌模糊。他的声音完全像是从树的深处传出来，时而感慨工作是地狱，时而又赞叹工作是净土，我的心里则像被点燃了一把火。

在那间既是工坊，也是起居室，还是客厅的房间里，猫、松鼠、金鱼与刨木屑生活在一起。客人来访，最后也总会在身上沾着些刨木屑离开。黑田先生在屋里那座巨大的长方形围炉前悠然而坐，夫人在一旁忙着为学徒和小动物们准备晚饭。如今，黑田先生已在醍醐寺附近的桃园中安置了更宽敞的工坊兼宅邸，但我仍会经常怀念从前的黑田家。

黑田先生敏感而体贴，哪怕遇到为难的事，也总是报以温柔。他的周身仿佛总是被一层异域的空气笼罩着，哪怕身处闹市，或是在聚会的宴席上，他也仿佛置身在另一个时空。

有一次，他在大阪梅田的地下街迷了路，围着同一个地点转了一圈又一圈，嘟囔着："完全就是一片热带森林嘛。"走在他身边，仿佛跟一个足蹬高木屐、身着袴装的仙人一起，在森林中漫步。

（1978 年）

自我的生活

——山本浅子女士

山本浅子是小说家稻垣足穗的弟子，一位诗人。家位于下鸭东半木町，她在小巷深处的一座房子里独居。山本女士自谦地说那是一间陋居，但实际上，她的家非常雅致。

榻榻米叠席确实略显毛糙。据她说，有的诗人好友谈得兴起，会下意识地把草垫子抠出洞来，打扫也没用，索性不常打扫。这些姑且不论，且说她家中的那些珍玩小物，在用文明利器武装起来的一般家庭中实属难得一见。

在京都商铺风格的土间中，陈列架上摆着三套娃娃屋，是过去的女儿节装饰中曾出现过的厨房微缩模型（她的家中当然也有真正的厨房）——土灶、水井、汲水桶、水舀子和长柄勺、吹火竹棍和竹篾刷、豆粒般大小的碗刷，无分巨细，一应俱全，系着围裙的小人儿形态逼真，活灵活现。

巧克力、咖啡以及烟草的空盒空罐堆得高高的，几乎触到天花板，像是在厨房里垒成的一幅抽象画。身上披挂着亮片，在青烟缭绕的印度皇宫中蹒跚移步的大象，是一个毛绒玩具。转身又见她突然拿出两把手枪——也是玩具——满不在乎地说道："反正，我就是喜欢这种小玩意。"

与这样的山本女士交谈一晚，仿佛借来一对翅膀，不知飞向了哪个国度。从古希腊到婆罗门、吉普赛、室町小歌集、箴言、短句、诗文等等像花瓣一样从山本女士的口中蹦出来，只教我陶醉其中。偶尔冒出一句"能够在涵盖整体的正中央发问，即为学问"，也不知出自何处，连这些零星片段我都无法一一牢记。她还自嘲：有像自己这样不发表任何作品、碌碌无为、最后销声匿迹的诗人也不错。她以勉强能维生的植物染为业，其余的精力全部倾注于自己所信仰的东西上。

她是位有情之人。在人生的各种微妙关系中，比起父母的角色，她更富童心。她为年轻人所仰慕，本人却直言"真是要了命了"。谈吐中妙语连珠、犀利又风趣，时而会让人笑出眼泪，过后又觉回味无穷，好不痛快，随意散漫中透着时髦潇洒。深居简出的她，悠然自得地观察着凡间俗世。

（1978 年）

栽种苗木

——今泉笃男[1]先生

京都的近代美术馆建成时,今泉笃男先生赴任首届馆长。先生年轻时曾在文化学院执教,我与家兄都曾是那所学院的学生。在美术馆见到暌违已久的先生,他一时无法将眼前这个以织物为业的人与当年的女学生联系在一起。随着话题的推进,他终于想起了我:"啊,当年那个小女孩就是你啊。"在那之前不久,两位前辈富本宪吉和稻垣稔次郎先生刚离开我们,我仿佛忽然间痛失了事业上的双亲,正处于情绪的注底。今泉先生到京都任职,于我就像一剂强心针。此后,我常去先生位于琵琶湖畔的府上拜访,并请他看过家兄留下来的画作。

在人生的几个关口,我们最好能遇上几位前辈导师,拥

---

1 今泉笃男(1902—1984):日本美术评论家。曾于 1936 年创立美术批评家协会。1967 年至 1969 年担任京都国立近代美术馆馆长。

有远超于我们的包容力、洞察力。我们从他们的人格、工作中受教益，由此成长。

几乎很少会有美术评论家推崇工艺作家，今泉先生却不吝对富本宪吉、芹泽铚介给予高度评价，为追随其后的我们铺展了一条道路。有的评论文章总是艰涩难解，也有不少文章繁而寡要，叫人似懂非懂，先生的评论文章却往往能直击心灵，引人回味。他以一种平易而沉稳，几如画笔般的细腻笔触，缓缓逼近一名创作者的精神内核。他的观察力敏锐而直接，却又表现得温和适度，文笔精妙自然，文章明晰易懂，沁人心脾。

先生的文字，就像是一棵棵栽种下的苗木，不知不觉间在我心中长芽。最近重读《小野竹乔论》，这种感触越发深刻。正如先生所言，与其认识很多作家，从心里真正敬爱一位作家是最重要的。

每次见到先生，都会被其顺应季候的生活感染。譬如阳春时节，他会去常照皇寺赏樱，巡游鞍马之地；到了飘雪的初冬，走访完清冷的庙宇，就去大市吃一顿甲鱼暖身；也常常会随着季节的音律与人谈古论今。先生任职近代美术馆的数年间，将京都的自然风物和料理融汇在一起，对我言传身教，也让我在工作中，一点一滴酿出蕴蓄着自然的蜜。

（1978 年）

市女笠 [1] 和橡果

——古泽万千子 [2] 女士

穿上手织和服，有时会想束一条印染腰带。且不满足于太过素淡的配色，最好既能衬得起织物，又保有印染本身的温和明艳。古泽万千子的印染腰带，我戴了近二十年。

蓝染的底色上紫、红、萌黄的樱花四开，又以型绘和线描施以星星点点的扎染，恰到好处。与其说是樱花，不如说是四季皆宜的花纹，不受制于季节。而那条散发着秋日芬芳的橡果图案的腰带，我会用在每年的第一袭冬衣（初袷）上。

市女笠配以蕨、浪纹的是一条麻质腰带；裂的每个角落，都用针尖般的笔缀满了梅花，整件和服上，数千朵梅花径自绽放……古泽曾说起，在雪白的布帛上一朵朵描画，不免要

---

1 市女笠：原指一种女性戴的宽沿、圆顶的平笠，边沿垂着遮脸的帔子。此处指以其为原型的纹样。
2 古泽万千子（1933— ）：东京出生的染色家。擅长型绘染、绞染、手绘等多种技艺，手法自由，作品被誉为“即兴的诗”。

把布"弄脏",所以她一边画,一边在心中默念佛号。古泽在创作时想必是亢奋的,她或许想起了惠心僧都[1]的开示——每念一句佛就会有一朵莲花盛开,又或许是想到了无耳芳一[2]的故事吧。

古泽的技法一度出神入化,人与染能诡秘地融合,互为彼此。但就在她事业处于顶峰时,却忽然嫁作人妇而隐退了。此后近十年,我只短暂地见过她一次,鲜有往来,但或许正因如此,十年前与古泽的每一次会面,都愈发在我心里敞亮起来。

记得在一个女儿节的夜晚,万千子房间的地板上摆放着享保雏人偶和秀衡漆碗,翡翠色的玻璃器皿中放着桃子,刚刚做好的珊瑚色扎染和服挂在衣架上。"今晚穿这件。"她将一袭名为早春的羽织外褂披在肩上。亮泽的乌发挽成一个蓬

---

1 惠心僧都(924—1017):平安时代中期天台宗的高僧。本名源信。其著作丰富,其中《往生要集》提倡天台念佛与善导的"称名念佛",为日本净土宗经典。《往生要集》有言:"从妄念中,所出念佛,犹如莲花,不染污泥。"

2 无耳芳一:平安时代以祭祀安德天皇、平家一门的阿弥陀寺为舞台的故事,也指故事的主人公。因小泉八云的小说《怪谈》而广为人知。故事大意是,住在阿弥陀寺的盲眼的琵琶法师芳一,因被武士(平家的怨灵)请去给鬼魂弹奏,而被寺庙里的和尚在全身写下般若心经以护身。未料和尚写经时遗漏了芳一的耳朵,于是耳朵被武士带走,芳一则成了无耳芳一。

松的发髻，别着朱漆的发梳，活脱脱像是从自己的染色世界中走出来的美人。

万千子是一个纯粹的浅草人，有洁癖，不谙世事到令人惊诧的程度。过去我去东京，经常会约她到酒店碰面，畅快地聊天，常常聊到要赶不上最后一班电车了。她说这么晚回去有些害怕，我建议她住酒店，她又说一个人住酒店更害怕了，于是每每透过窗户，目送着她一阵风似地冲进地铁。因为相知相熟，我也总是被她印染中的那些鲜花、白鹤、野鹿、石榴、嬉戏着的蝴蝶所具有生动唯美所吸引。

有一次，我们去高山寺参拜，登上石阶，只见后方幽寂的杉木林立，前方上空，枫树的新绿镂刻在水浅葱色的天空中。古泽微笑着说："那边是你的条纹天下，这边就是我的型绘世界。"

（1978 年）

献给梦幻女郎的衣裳

——稻垣稔次郎先生

稻垣先生过世已有十七年了。先生健在时，曾有一次来近江的寒舍做客。

那约是一个深秋。

院子里生着一丛芒草，先生的目光停留在随风摇动的白色芒穗上，立刻拿出了速写本。他屹立在秋风中的身姿，清晰如昨。

当时，我请先生看了一些陶瓷器，其中有一套备前烧[1] 肌理的茶褐色小巧陶壶。只有两厘米左右的扁壶上，小小的壶嘴只能插一支香。小陶壶在一只桐木盒子里分格摆放得整整齐齐，刚好十只。

1　备前烧：日本冈山县备前市伊部一带烧制至今的陶瓷器，已经有近千年的历史。特点是既不上釉，也不绘彩。耗时数周烧制，形成窑变，因而质地虽显粗糙，但具备奇特的艳丽特质。独特的深色色调来自泥土中的铁成分。

我在八日市的一家器物店发现了这套陶壶，因为实在可爱就买了下来，却不明其用途。先生将小壶放在掌心凝视片刻，又贴近眼前细细端量，笑眯眯地说道："这是泪壶。"情态自然，极具妙趣。

　　我也曾带着自己织的裂到先生所教授的大学，请他评鉴。

　　先生特意摘下眼镜，凝视着从成卷的布匹两端涌出来的细线，用心与色彩照面。各种色调叠合相聚，形成原野、又好似落叶般的色彩。先生端看良久，轻叹道："织物这一点真好，像调色盘一样。"

　　每当我创作受阻，都会去找稻垣先生。他平和淡然的话语里，隐藏着深思熟虑后的暗示，每每让我心安。先生极少点评我的作品，却会用这样的事例来鼓励我："塞尚一路潜心研求，最后抵达的是自然。自然拥有神奇的力量，抓住其本来面貌，准确无误地表达其中的真理，这是工作的真正根基。在大自然中，都有什么在生长、繁盛、消逝呢？——只要正确判断、不断探求，那些或点或线或圆的形态，就会走向极致的单纯，以及精练。有个画家成功地表现了这种极致，他就是蒙德里安[1]。他以线条和矩形所表现出来的画，为何会令人心动？难道不是因为它们都脱胎自真实且纯粹的自然吗？抓住事物深奥的原理，是我们工作的根本。

"条纹、格子、絣纹等，都能在蒙德里安的作品中找到。即便是一条单纯的条纹，其构成中亦隐秘着自然法则。那是异常严密的世界，但终究都包含于自然之内。也有人将目光投向背信与虚无，专注表现那种东西。那也是真理的一面，但不应就此告终。我们被这世间温暖人心的、深具慈悲之爱的事物包围，我想如实地呈现这一点。你不会这么想吗？"

一张窄小的椅子上，先生只坐了一半，全然不顾是否会倒下来。那天在春季新匠会会场的一个角落里，先生动情地说下这番话的场景，我至今难忘。

这些平实而真挚的热语，在十几年后的今天，更清晰回响于心底。先生的作品毫无做作之态，他将天性中的感受如实表现，给人以温暖，令人深深回味。

---

1 皮特·科内利斯·蒙德里安（Piet Cornelies Mondrian，1872—1944）：荷兰画家，几何抽象画派的先驱，以几何图形为绘画的基本元素，自称"新造型主义"，又称"几何形体派"。其手法对后代的建筑、设计等产生巨大影响。蒙德里安认为艺术应根本脱离自然的外在形式，以表现抽象精神为目的，追求人与神统一的绝对境界。

先生的作品中,《竹林》《风》《竹取物语》等被公认为杰作，但若问我最喜欢哪一件，我会说是《鼠草纸》[1]。

对于故事情节，我只模糊地记得一些片段。有个画面表现的是深夜的静寂。半轮明月挂在深山的古寺旁，塔楼仿佛浮在半山腰。身披雪白斗篷的贵族小姐和幼童女侍走在悄无声息的婚礼队伍的前面。在寺院的斋堂中，身着武士礼服的"贪吃的恶太郎"，在粗蜡烛的灯影之下，手执长箸，正起劲地夹着太平碗里的食物；"棚探"的画面中，他也依然一身礼服，在寺院中的长廊里来来回回，忙着物色架子上的供品。

一个个小巧的画面里，寥寥几笔，以极单纯而洗练的线条塑造出人物的动势。贵族小姐的娇美、幼童的无邪、老鼠的灵动——这些就像是以日本的民间故事酿成的最顶级的蒸馏酒，一滴入喉便可使人微醺。

京都的祭祀活动中，先生最感兴趣的似乎是六斋念佛[2]。

---

1 《鼠草纸》：原指日本室町时代的短篇小说，后在各个时代被衍生成画卷和故事。此处指稻垣稔次郎以其为原型创作的型绘染作品。

2 六斋念佛：由日本民间信仰（每月"六斋日"以念唱佛号来清净身心）传来的祭祀和民俗活动。如今主要在每年盂兰盆节之后于各地举行。除了念唱佛号、乐器演奏外，往往还伴有艺能表演。其中，京都的六斋念佛活动于1983年被指定为重要无形民俗文化遗产而最为著名。

"六斋中，有一位是鸟羽的天狐吧。"——名为《六斋》的型绘染画卷中，仿佛传来祭祀的阵阵钟鸣，各种人物从型纸中呼之欲出，手舞足蹈，欢悦不已，最后连狐狸也从秋草丛中钻出来翩翩起舞。充满跃动感的画面，引人遐思。

先生还对我说过这样的话："去观察下雨、刮风、或者艳阳天的野草，渐渐你会看出一个典型。一株野草可以化为十株、百株。反之，十株、百株野草也可以看作一株。

"画家可以描绘被雨打湿了的牡丹。我则通过雕刻牡丹的典型，引人想起雨中的牡丹。"

先生曾居住过的桂区一带，延绵着一片深绿竹林，四散出清澄之气。当清风吹过，整片竹林轻轻荡漾，每一片竹叶都跟着颤动。为了观察这种微妙的阴翳和色彩的分布，先生一次次穿越那片竹林。

创作那幅《竹取物语》的型绘染壁挂时，一定有一束光照亮了先生的内心，让那片竹林中的自然色彩浮现出来。

他的名作《竹林》，更是可与桃山时期的小袖比肩，可谓当代和服作品的顶峰。

先生曾说，第一次在博物馆看到古代的小袖和服和能剧服装时所受的冲击，让他不禁想打破展示的玻璃门。

日本的这些染织品，在世界范围内都拥有无与伦比的高度，是值得骄傲的国宝，但从另一个角度看，这些染织品均是当时的执政者利用手中的权力命人制作出来的，非现代人凭一己之力可以企及。

而面对这些璀璨的瑰宝，先生发愿，无论如何要在今生做出一件可以与之相匹敌的衣裳。

约两年后，先生在传统工艺展上，以"装饰衣裳"的名目发表了这件《竹林》。

这件作品深根于日本的传统，格调高雅，以凛然之姿歌咏着竹林不可撼动的美。站在它面前，我深受感动，不禁感到先生凭此作，已然冲破了博物馆的玻璃门。更冲击我的，是"装饰衣裳"这一名目。我在前一年的传统工艺展上，曾经以《秋霞》为题发表了整幅绘羽风格的绸织和服作品。对此，我很尊敬的一位老师表示："不以用为第一要义的绸织，是不被承认的。"当时，绸织和服普遍用作日常便装、外出服，像我这样织成一整幅画的几乎没有。可是，随自己心愿大胆地创作又有何不可？我对自己的创作产生了疑问，很是烦恼。

"装饰衣裳"的名目，将横亘在我面前的那堵高墙猛然推到，于我的意义不可谓不强烈。

先生为何要将这标新立异的名目特意冠于《竹林》之上呢？记得当时正走在天龙寺的神道上，年轻而尚不知深浅的我直接向先生提出了疑问。

先生放缓了脚步，一字一句地说道："那年，我在长野县木曾的一座豪宅的里间看到了一件挂在衣桁上的桃山时代的小袖，被它那幽玄之美深深魅惑，祈愿自己也能够做出那样一件衣裳。不是给现实中的某位女性，而是给自己幻想中的女郎穿的衣裳。将一份怀想寄托于一个非现实的世界，做出一件这样的衣裳不也很好吗？《竹林》这件作品，其'装饰衣裳'的名目便包含了这层意义。"

先生一语惊醒梦中人，其后，我对自己有朝一日也能织出这样一件和服始终念念不忘。

当然，我还未能如愿，织出给梦幻女郎穿的衣裳来。身为女性，我还在给女性做衣服的盲点中徘徊。

"昨夜的一场雨，打落了棣棠贴在枝头的黄叶，光秃秃的花枝在风中乱颤。前日的来信中方道辞父，紧随讣音，今晨的庭院萧索肃杀。"这是先生给我的最后一封信中的一段，落款日期为十二月三十一日。

多年来，我习惯在夏天工作结束后，于作品发表之前请先生过目。那年夏天，先生正处于从出院到再次卧床之间的短暂康复时期，得以享受午后的暖阳。我一如既往去看望先生，随身带着一捧深紫色的琉球花。由于这种花朝开夕谢，我于清晨抱着花束乘上火车，路上不小心掉落了两片花瓣，等到了先生家，将花插在古伊万里的小花瓶里时，花的寿命已接近尾声。我万万没有想到，那是与先生的最后一面。如今回想，悲伤依然如鲠在喉。

记忆又拉回到昭和三十八年（1963）六月十日，这一天收到了先生的病危的消息。一直以来，我始终记得富本宪吉先生说过"我还一次都没有去探望过稻垣君，别人到病床前来探望是叫人难受的"，因而尽量不出现在两位先生的病床前。然而在那天，我得知前一天富本先生已经仙逝，如今稻垣先生又病危，便再也坐不住了，直接赶往府立医院。那年的白蓟开得特别美，那是富本先生最爱的花，母亲特意采摘了一些让我带到富本先生灵前，而我抱着花先赶到了府立医院。未料先生的病房内空空如也，我不由地心一沉，失了魂似地下了楼，只见解剖室的门外挂着先生的名字。我在暗沉的门前茫然若失，久久挪不开步子。

这时，身后突然传来一个声音："请到这边来。"是夫人。她将我带到了医院的中庭，然后转过身来，指着自己的腰带对我说："志村，你看这个。"记得有一次我去拜访稻垣先生，他拿出自己母亲年轻时用于接线的丝线赠予我，并对我说："什么时候都可以，请用它来织件东西吧。"后来，我便为夫人织了这条腰带。白茶的底布上织入了无数红、绿、紫色的短线头，让人心情愉悦。

"过世前一周，主治医师告诉我们是癌症。我那天就把这条珍藏的腰带拿出来，第一次束给他看。他特别高兴，说很漂亮。"夫人对我说。

在富本宪吉先生去世两天后，稻垣先生紧随其后，驾鹤西去。

（1979 年）

银泥彩绘大罐

——富本宪吉先生的教诲

某年夏末——说起来已是十多年前的往事了——我收到富本先生的手教，说有事相告，让我如果到京都，就去他府上一坐。

第一次收到先生这样的来信，我心情忐忑，寻到了先生位于乌丸头町的家中。拐过巷口，就见到亮着"富本"二字的檐灯。秋日将近的夜晚，小巧的住居前，洒过水的前院湿润沁人，铃虫鸣声如织，空气里飘着一股香薰的气味。

先生穿着一件宽松的夏装，一进客厅就直奔主题，说道："在工艺领域，陶工只做陶器，织工专攻织物，是不是这样专注在一件事上就好？总有一天会受阻，所以一定要学习点别的，什么都行。我就是想告诉你这件事。我亲眼看到有的人一心扑在织物上，技术确实日益精进，但无论从构图还是色彩上，都失了神。所以才想提醒你。

"画家应该不会想只作画就好吧，剑客如果只磨练砍人的

241

技艺又成何体统？工艺家也一样。织物是你今后几十年都必须要面对的使命，逃也逃不掉。

"想想自己喜欢什么？如果是文学，那么国语文学也好，佛教文学也罢，只管去学习。我今后想学数学。说来，年轻时在英国留学，曾因为想当建筑师就学了一些建筑知识，当时的积累对我后来有很大帮助。"

短短两三分钟内，先生一口气吐露上面这番话。或许是太过突然，我感到浑身一震。事后想来，先生说的委实是朴素而明白的道理，但他特意把我喊来，以直率的口吻提醒我，也加深了我对这一道理的鲜明印象。

自那以后，我依先生教诲，花了大量时间研习文学。而此前，我被织作追着跑，全无时间旁及其他兴趣。

直到那天，我能在"无以摆脱"的织作中，像缝补间隙一般缝入文学这条线并持续至今，完全拜先生的一席话所赐。于我而言，先生的教诲似有千钧重，深入内在，成为我工作的轴心，在之后的岁月里支撑着我。

身为名留后世的陶艺名匠，先生与我属于截然不同的领域，奉他为师尊似有不妥。尽管我并非他门下弟子，却通过先生的工作获得了精神上的指引。这让我想起古人有言："当为心之师，莫以心为师。"

富本夫人与我的母亲是从少女时期就相知相交的好友，我因而从小就常有机会与先生接触，但心底把先生尊为我的老师，是从那天才有的想法。

从最早在安堵村的时期，一直到祖师谷、京都，一生都与富本家有来往的母亲，尽管交集有限，却始终把富本先生看作事业上的目标，也会拿我的工作与富本先生对照。对于这一点，我有必要添笔细述。

先生从初期的民艺运动脱离，离开国画会，结成新匠会以后，一直到晚年创作出典雅的金银彩作品为止，他通过陶这一材料，不仅施展了自身的天赋资质，也充分地展现了对整整一代人酝酿而成的工艺的深阔洞察。而我们感到，富本先生最重要的贡献在于，与以往那些从中国、朝鲜的古陶器中吸收大量养分的陶工不同，身为艺术家，他切割掉了古物对他产生过的巨大影响，使陶艺尽可能地接近近代精神。我们在联系自身的工作时，便能了然他对工艺世界带来了多大的变革。

迄今为止，有几位工艺家做到了这一点呢？变革之路不可能一帆风顺。在那个阶段，先生曾写道：

我看过无数老器物，并竭力不去模仿我看过的东西。但这些老器物却总是紧紧拽着我不放。我哀叹自身的无力，渴望以自由之身来创作。甚至有一次，我狠心摔碎了几十件很美的古陶器，才得以在自己的事业上迈进了微小一步。

我想起某次在博物馆观赏能剧服装和小袖和服，那其中蕴含的力量让我感慨自己面对着一处不可撼动的关口。确实，我们处于厚重的传统与混沌的前途之间的昏暗洼底，屡屡受挫之下，反复自问"该如何是好"。先生创造的既不是中国的也不是朝鲜的，而是自己的陶器，为世间留下了大量美的作品，如漫漫长夜中的一盏明灯，给予我们力量。但要同时看到，先生走在一条极为艰险的路上。读了以下这番话，能体会得更深。

最近，我强烈地意识到一件事：艺确实会越磨越亮，但每个人与生俱来的芯却不会因为苦苦打磨而变化。无论如何立志上进，仍是粗归粗，细归细。或者说，能够创造的人，与必须模仿才能活下去的人，是天生决定的。

正如先生所言，他是天生的创造者，偶然与陶艺结下深厚的缘分，但在人生的大部分时间里，他都处在不安与动摇中。世人往往只通过传世的作品来评判一个艺术家。而对于艺术家而言，如何在漫长的创作生涯里，维持那仅有的一点热情，恐怕连自己也不甚明了。

让柔软的陶土跟着自己的手膨胀或凹陷，让它们自由地伸缩，在空间中创造出一个立体——这一过程让我思考，我制作的罐子、盘子，其形状的好坏是如何决定的呢？（中略）当然，抛开艰涩的理论解释，我在制作过程中感受到的是，这其中没有任何理由，只是一种大致上接近自然的，直觉本身的力量。

从这句"一种大致上接近自然的，直觉本身的力量"中，能感受到一位创作者的真情实感，感受到他以手抚触陶土，或使其膨胀或使其缩凹时涌上心头的喜悦。这与将彩线穿入经纱的瞬间，能听到它融入周围色彩时迸发出的乐音，是同样的感觉。

厚墙壁

尖屋顶

被蜿蜒的小路

和收割后的稻田所包围

小小的堆肥棚

如一个活物

在春天浅蓝色的天空下呼吸

梨树和破败的小屋

无人，风冷

这条路我喜欢独行

如果鸟雀成群飞来

山有暮色

就更好

从这些诗句可以了然，奈良县大和与安堵村那被雕琢得明艳的风物，对先生的创作有极深的影响。当年母亲被一纸"明日开窑"的电报请到安堵村时，也曾亲眼目睹了一种尽管经济上窘迫，却充满活力的生活景象，感慨"原来还有这样的生活"。

有一次，母亲对着夫人梳妆台前的一个芍药图案的彩绘小壶，不经意地看了一会。"猜是什么？就是用来放这个的容器。"先生指着夫人丰盈的头发告诉她说。过了几天，先生烧了一件同样的小壶送给母亲。圆润鼓腹的青白瓷，乍看像一个笔筒，却配了开了一个小孔的盖子，正好可以拉出缠绕在食指上的发丝。花瓣的纹样透出馥郁芬芳，带着沉于暮霭的清雅淡蓝色。

如今，将它摆在桌子上观赏，总会追忆起先生在大和的生活。

后来，富本家移居东京祖师谷，夫人在来信中曾写道："可不可以请你买一只罐？是富本最近烧制的唯一一个银泥彩绘大罐，胴体直径超过一尺[1]（我个人认为是国宝级的卓越作品）。"饱蘸着墨水的文字，仿佛那尊银泥彩绘大罐就在卷纸上，大气坦然，丝毫不让人感觉到为贫所困的卑微，虽然信上写着："我们为了生活，除了将手中留下的唯一一件大罐

————

1 日本的一尺约30.3厘米。

247

卖掉，已别无他途。"

明日的食物还没有着落，却气定神闲地烧制银泥彩绘大罐，这份创作的意欲，想必给生活窘迫的家人带来了伤害，以至于将不愿出手的作品也决绝地让与他人。对于公开私信，我一直心有疑虑而犹豫再三，但是这尊在火中诞生的大罐和这封信，如今已经浑然一体，成为我工作中不可或缺的一剂强心针。

战争结束后，先生离开了家人，一个人独居，自称"没有窑的陶工"。那段时期，他曾写下这样的文字：

我如今六十一岁，孑身一人，正在尽自己最后的气力，过着大和（时期）后的放浪生活。如今我还有体力，也在工作，只是考虑到余生，就无比怠倦。去年朝日报社整理了我的随笔集出版，今年秋天预计还要出版作品集，但是这样整理一看，我越发感到自己的足迹是多么微小，不值一提。

我想超越宋窑然实力不足，想超越古代彩绘的诸窑也不得，为生活所迫，被周遭的风浪蹂躏，我明白自己余生短矣。

时代在变，人心也会变化，在清水这间幽佗的临时居所，我听着夜里的雨声，写着这封信，有万千感慨聚于胸口。

那时，先生的生活遇到了很大的困境。

我开始在新匠会发表作品是在那之后的十年左右。先生有了新的伴侣，在乌丸的住所安定下来。我常常一织出新作就请先生过目。

有时，我也会去拜访先生位于泉涌寺的工坊。先生在工作上不曾批评过我一句，每次见面聊的，都是无关痛痒的日常琐事。仅有一次得先生教诲，便是开篇提到的那个晚上，而这已让我感到从先生那里受益得足够多了。

（1974 年）

IV

日
记

昭和三十一年（1956），我离开丈夫和孩子，从东京只身一人回到了近江老家。

　　当时，我已做好了婚姻破裂的准备，绷紧一根弦，全心投入到织物中，一心只盼着能早日和年幼的孩子一起生活。那年，我三十二岁。

昭和三十一年九月十三日

刚从容地送走风暴的田园，今早又迎来大雨如注。破晓时分还在婉转欢唱的百舌鸟也消隐无踪。琉璃色的牵牛花将藤架盖得严严实实，鸡冠花点缀着草丛。今早的田园，是一派静待深秋的风光。

金光闪耀的稻田，如今也悄然重返深绿。

到近江八幡郊外的织坊去学艺，已是第三天。意想不到的机缘，让我离开家人，沉浸在织物中。对于一个从未接触过纱线的人，必须在短时间内尽可能地吸收，早日独立。

虽知踏上了一条艰难的路，但一切于我都太新鲜了。

早上八点出门。八幡这座古老沉静的小城，对我这个在东京郊外的普通家庭中做了八年平凡主妇的人而言，每一个角落都颇有来头，叫人兴味盎然。

在一个附近人尽皆知的豪商家门口，有一扇弯腰才能进入的小小的格扇门，踏入一步，会惊诧于里面幽深的布局、上乘的木结构、巧妙的采光，以及细微处的匠心巧思。在沉静的街巷中，一块历经多年风雨的招牌边角被磨得浑圆，厚厚的木板上隐约能看出"白麴"字样，屋檐下，清水荡漾。

湖水深深浸润着这座小城。傍晚，工作结束之后，我沿着仓库建筑旁的道路，贴着白墙拾级而下，眼前是一片水乡。夕阳垂落，余晖漫映着石垣与古桥。

迟开的夹竹桃、匍匐缠绕在破败土塀上的爬山虎、岸边随风摇动的芦苇，这里的时间仿佛静止了数百年。从仓库的阴影中走出的女子、行过石桥的手推车、"咚咚——咚咚——"好像在撞击船底的有节奏的音律——眼前浮现的，都是从前的样貌。

我坐在石阶上出神，竟忘了时间。如果我的灵魂有暗影，那么它曾在遥远的过去留下过各种回忆，如今却又深藏在这片石垣里——思绪正沉浸在莫名的怀旧情绪中，从芦苇之间呼地驶出一条载着砖瓦的小船，打破了我的梦境。一条，又一条，撑着浆划开湖面，又无声地消逝而去。就在一个月前，我还在都市里跌跌撞撞地生活。眼前这一切，于我就像一幅古朴而美丽的画。

九月十五日

郊外的织坊，土间靠几根柱子撑着，看起来摇摇欲坠。工坊主人是一位五十岁上下的织工，大约十年前从西阵来这里落脚。他体格健硕，有几分军人气质，骨子里却很贪玩。

对于拜他为师学习织作，我虽未曾犹豫，但他完全像是活在另一个世界里的人。倒也不失观察的乐趣。这位工坊主人对于我为什么跑来这里学习一概不知，也无意探究。

"一开始，我花一分钟，你可能要花上一个小时哦。"坊主笑着说，未料果真如此。他以指尖几个轻巧的动作就顺顺当当卷好的纱线，到了我手里，哪怕使出全身力气与纱线搏斗，累得大汗淋漓，到头来也只是越缠越乱。纱线像个顽皮的孩子，捉弄取笑着笨手笨脚的我。

"你太着急了……"线交回到坊主手里，马上又服帖乖顺起来，露出孩子被交回到母亲手里时的笑容。偶尔，坊主也会有操作不顺的时候，这时，他会将纱线从整经机上拆下来，撑在两只手上砰砰抻几下。

"遇到这种情况，必须要这样理一下才行。"纱线在他手里，转眼又变成列队整齐的士兵，规矩地绕上整经机。

终于到了中午。一直默默工作的几位织工放松下来，擦拭着额头上的汗水。

"没有小菜了，怎么办呀？"家中主妇小声问道。

"去买块白豆腐来。"坊主嘱咐。

当我打开多年没吃过的便当，从那台破旧的老式收音机中传来民谣的旋律时，那一刻，一股巨大的孤独感涌上心头，我不禁悲从中来，泪水几欲涌出。

坊主马上起身，将频道转到了歌谣。下午继续卷纱绕线。

我可能是拖工坊后腿的学徒，毕竟坊主需要手把手从最基础的工序教起。只是那些看起来很容易的事情，一上手却发现异常困难。

"做什么都是一样，贪心不得。来我这里的人，如果不考虑织出来的效果，只想织得快、织得多，就很难学成。不计较时间、肯钻研、热心于织作的人才能进步。但是到了一定程度，手往往就固定下来了，很难再往上走，所以起步是最重要的。"

"有的人头脑聪明，手却不听使唤；有的人反应没那么快，手上的活却干得很漂亮。就看适不适合做咯！"坊主一边说着，一边手上没闲下片刻，"低声下气看人脸色去工作，我做不来。虽然没什么钱，日子过得下去就行了，这样比较适合我。"他的语气淡然，在线车前坐得笔直的样子，活像某座古寺里的和尚。

有时候，织作的手停下来，家中的主妇就会过来招呼："累了吧，休息一会儿。"这位娇小白皙的妇女性情温柔，带着几分清雅的气质。

晚上，右手腕疼得厉害。而有生以来第一次拥有工作的喜悦，让这份疼痛也变得无比可贵。

十月二十日

今天工作结束后，绕了点远路，沿着仓库白墙边的小路一直走到了水渠那里。

站在水渠边上看着淙淙流水，心中的裂隙仿佛也在那一瞬间愈合，不自觉地融入这眼前的景物。

高耸的樱树叶已落尽，其阴影下，一座老房子长长的屋檐倾斜而出。我有些陶醉，仿佛被吸进了那扇白色的拉门里。今天不知为何，我没有等巴士，突然决定在这条唯一通车的回家路上走一段。

乘巴士不到十五分钟的这段路途，走起来却很漫长。

一个年过三十的女人，为何要离开丈夫和孩子，独自一人在这条阴暗的小径上赶路？我的安身之所究竟在哪里？一种凄凉感不可抑制地袭上心头。

巴士一辆接着一辆从身边驶过，划开寂静，洒下一片凌乱的光。为什么只有我一个人没能赶上？

现在也来得及，去坐车吧？我不由地自问。天色暗沉，不见星光。也许在夜空深处，有无数星星闪烁，却是现在的我无法企及的光亮。田园的尽头，列车如一束光带，向着东方长驱而上。那是东海道本线。车窗透出的点点红光连成一线，这条丝带又被森林截断——此时，一列从东边驶来的列车与之交错而过。长长的光带又将八幡与安土相连。列车载着东上、也载着西下的人，明天早晨就会抵达东京。那列车正朝着丈夫和孩子的方向奔行。而我与它成直角，正向着高耸于地平线上的长光寺山迈进。那山脚下有我现在的居所。斩断对缘分已尽之人的眷恋，我横穿过那条光带。涌上来的泪水，忽然间打湿了映在眼里的车窗灯光。

昭和三十二年（1957）二月十七日

工作到傍晚，我好像第一次织出了一件自己的织物，忙叫母亲来看。

蓝染的底色上，各种茶色错杂交织，赫然醒目。看着它，母亲竟流下泪来："我年轻的时候，也曾经像你现在这样，把一切都交给织作。曾经想过，要为了美的东西拼命。"

她感动于曾酝酿在自己心里的东西，经历漫长的岁月，在她年过六旬的时候，又于女儿的身体里发酵。母亲也曾经不惜舍弃家庭的安稳，全情投入织作。尽管最终不得不放弃，守在家庭主妇的位置上以至今日，但她体内的火苗一直未灭。母亲不曾想到，自己送出去做养女的女儿，会回来继承自己未竟的梦想。

现在，母亲说她每一天都活得很有意义。就像老梅树的枝头，重新开出了一朵白梅，母亲获得了重生。

或许是命运的安排，在家庭和事业之间，我选了母亲当年未选的选项，继承了她的心愿理想。

在离开东京的前一天，我去拜访了富本一枝女士。作为富本宪吉的夫人，一枝女士自己也是一名艺术家，三十多年来，她被夹在事业和家庭之间，也有过很多苦恼。

她对我说："女人是活在家庭中还是活在事业上，这两条路不可能兼得。要认准一项，全心全意地投入。现在的日本，对于拥有事业的女人依然抵触强烈。但是这几十年来，我见过不少活在事业上的女性。这些人中，有的一度舍弃了家庭，最后因事业有成又破镜重圆。总之要彻底。半调子是一种罪过，对丈夫、孩子和自己都是不幸。义无反顾地做下去吧。"那时，我正为失眠和低落懊恼的情绪所困，在一片黑暗之中彷徨，舍弃家庭仍让我于心不忍。但一枝女士的一番话，把我的烦恼干脆利落地剔除干净。在荒草丛生的前方，我仿佛看到了一条路。

义无反顾地朝着这条路走下去吧。披荆斩棘的正应该是自己。

女人守在丈夫和孩子身边，烧饭、洗衣、做家务似乎是十分自然的事情。对于随波逐流，平稳安逸地生活下去的女人本身，如今我会用另一种眼光去看待。我必须逆流而上，一个人奋力划行。

总要有所破才能立，就让我站到孤立的阵地。

工作就是一切。活下去，既然可以做到与丈夫和孩子分别，就不会再有什么比这更难以克服的。

等待时机。现在一力于织作吧。整日操作织筘，摇动线车……

三月三日

说到女儿节，应该是春意融融的温柔气息，此刻的近江却依然白雪皑皑，没有任何花开的迹象。

不过，依然可以听到田圃深处传来云雀叽叽啾啾的叫声。

最近一醒来，那些条纹、色织线就会凌乱地一股脑涌现在眼前。今天为了一个图案，一直忙到傍晚。

加进什么颜色都不满意。

如果将各种颜色的织线纷纷加进去，就难以协调。虽然知道急不得，但心底的不安难以抑制。就在这个时候，空气一紧，在发现"就是它"的瞬间，丝线像是被吸进去一样，啪嗒一下稳稳融入织纹中，宛如琴弦一齐拨响一个和音。饱满的色泽渐渐喧闹起来，紧紧聚拢成一个色调。如白雪、大地、石润青苔，每种色彩都带着各自独特的触感；还有落叶、葡萄串、露草上水珠的颜色；忧郁、闪亮、强韧、无垢、俊俏，以及思恋的颜色；逐渐消失的颜色、日影的颜色、活在回忆中的颜色、梦中的颜色、燃烧着的颜色、沉潜的颜色、润湿的颜色、清透的颜色……色彩之纷繁多样，不可尽数。

色彩照入心里的棱镜，经过曲折，又七倍于七色之上，繁衍出无限的色彩。在黄昏的微暗中，我仿佛突然解开了一道难解的数学题，有种"除尽了"的痛快感。看着一个个鲜活的颜色，恰到好处的比例，让人喜不自禁。原来的确存在着一个严格而公正的色彩世界。但愿年轻而愚笨的我，可以用一个个无可替代、令人信服的颜色，去描绘今后的人生。

三月二十二日

　　昨日去位于清水坂的黑田辰秋先生家做客。这是我第一次造访。

　　出门前，母亲嘱咐我要好好听一听黑田先生这些年来的辛苦历程。我也常听母亲说起，黑田先生身为木艺家，长年默默无闻地过着贫寒的生活，却从未在工作上妥协，始终精进着技艺。

　　去年，黑田先生的付出终于结下硕果，他的作品擦漆榉木架获得了朝日新闻社大奖。我和母亲在日本传统工艺展上看到了那件作品，不刻意迎合的凛然之气让人心悦诚服。母亲了然黑田先生的不易，站在漆架前不由得流下了眼泪。她说："哪怕第二天无米为炊，他也没有在制作上懈怠，夫人也一直在支持着他。"

　　近来，我总被工作追着跑，想尽快从这种窘境中解脱出来，不给年迈的父母徒增负担，也想尽早把东京的两个孩子接到身边。而现实是，我连一块桌布都买不起。我想要有收入，至少能让自己买得起丝线。带着各种压力和苦恼，我登上了清水坂。

　　狭窄的屋门口，木料堆积成山，我找了个空隙落脚，看着眼前这座房子，暗暗心惊：生活在这木料堆和木屑中的主人，就是朝日奖的得主。不一会儿，夫人出门相迎："黑田说今天难得好天气，去了东寺弘法集市，说是找一些制作上用的麻布、贴边、纱布。"等了一会儿，黑田先生回来了。高大的个子，透着独特的风范。他摘下贝雷帽，露出一张引人注目的长脸，举手投足又带出几分不同于常人的细腻，像是从莫迪利亚尼的画中走出来的寂寞诗人。

黑田先生话音低沉，不易听得真切，但语调沉稳，饱含着热情。他字斟句酌，话语绵延不断。自己的成长经历、走过的道路、柳宗悦先生、民艺运动、工艺、现代作家之路，等等，对着一个初次见面的无名小卒，他就这样真诚地谈了五六个小时之久，我既感到受宠若惊，又像海绵吸水一样，贪婪地在心中记下先生的热语。

心中盘桓已久的犹疑与焦虑的漩涡渐渐隐去，一股热意逐渐在胸口散开。自一月二十九日拜访过富本一枝女士以来，我感到今天又遇到了一位不可多得的导师。

黑田先生说道："像我这样任性、懒惰又笨拙的人，只能踏踏实实制作。除了木工，我也不会别的。我只能做自己所好。工作有时像是地狱，生活很辛苦，所以我无法劝你走这条路。但如果你认定自己别无选择，那就做下去。首先织出自己想穿的衣服，将来可以暂且不去考虑，只是专注于眼前的工作。说到底，就是活得诚实。所谓'运、根、钝'就是这个意思。能否年复一年地忍受孤独，默默工作。如果工作不能让你既感受到丰富的内涵，又体会到走投无路、别无他选的紧迫感，就很难坚持下去。"一番真挚热语绵密而充满力量。待我回过神来，天色已阑。归途中，我顺路去清水寺参拜。

下了汽车便遭遇了猛烈的暴风雪，天地一片混沌，看不清前方的路。但是我内心却无比坚定，心中呐喊："工作吧，工作吧！"

三月二十五日

早晨母亲去看牙医。候诊时，边上农家主妇身上的腰带引起了她的注意，一问得知是对方自己织的。母亲被那件织物的质朴气息吸引，要我一起去上门拜访。我也受母亲的热情感染，随着她一起出了门。

春分已过，余寒未消。我们在篠原下了车，沿着仁保堤一路走。村里的孩子们正拎着竹筐采摘杉菜和艾草。古时候

266

曾为平清盛表演素拍子歌舞的祇王、祇女，离开都城回到出生的故乡祇王村，正是这里。村中家家户户都围着土墙，厚实的茅草屋顶下是砌着红漆的外墙。浮动着绿色水藻的小河潺潺流过。

每户农家都差不多，这里不存贫富差距，每一座民家建筑都扎根于这片土地，有着不失高洁的气息，毫不逊色于都市里那些看似奢华的建筑，甚至这里自然的生活气息更给人一种安适的美感。住在这样的房子里的人，一定默默坚守着日本农家简朴务实的传统。我和母亲边走边聊着彼此的感受。清澈的河水中有一架小小的水车在旋转，雪白的芋头装在竹笼中，在河里时浮时沉，河岸上开着可爱娇俏的野花。

到了要拜访的人家，主妇高兴地出来相迎："欢迎你们呀！"她马上带我们到织机边，给我们展示她织的和服布料和腰带。絣纹与条纹的组合、只以配色表现的纹样，都是用单纯的平织手法织成，在限制中花足了心思。

从前，每个村子里都有手艺高超的织女，大家都乐于相互交流技术，有时会一起织到天明。但如今，这样的人已所剩无几，仅剩的几位也年寿已高。欢欢喜喜织作和服当嫁妆的时代已经过去了。恐怕到了下一代，农家的主妇可能连手织机都不曾见过。

主妇旋即又拿出一本古旧厚实的条纹帐，里面密密麻麻贴满了火柴盒大小的布块。蓝染手捻棉线的条纹甚至有几百种不同的变化，宛如一支低沉而淳朴的歌谣被反复地咏唱。每翻过去一页，我的心中就有深情而抑扬顿挫的曲调萦徊。

也有一些会让人心中迸发出激越的歌声，仿佛织女们以充满力量又低沉哀婉的曲调歌唱着。她们中有的人从未去过京都，一生默默劳动，养儿育女，又默默死去。她们把人生都织进了这些布帛中。

那些即将消失的灯火，守着自己微弱的生命，在向我诉说着什么。我想要继承她们的工作。我甚至有一种冲动，想到她们的墓前祭拜，倾诉自己的心声。回过神来，须臾雨至，敲打着屋檐。主妇急忙跑去收屋顶晒着的干草，我也不自觉地上前帮忙。手捧干草，青青草叶的美突然锁住了我的目光。

"这是什么草？"我问。"是蓼蓝的草叶呀。"主妇漫然答道。蓼蓝每年四月播种，八月收割。据这位主妇说，收割后会拿到附近的蓝染坊去染线。

我按捺不住内心的激动，想起上村六郎先生曾提起，在野洲有专为修理国宝而建蓝的古老染坊，难道就是那家染坊？回去的路上，我和母亲想到既已来之，不如就去找找那家蓝染坊。正巧见到一户农家的场院里晾晒着浓绀色的纱线，便冒然跑去询问。农家主妇一脸惊愕，却还是热情地告诉我们那是三坂的"绀九染坊"。

我们沿着野洲的街道一路走一路问，路人说："能闻到很浓烈的蓝靛味道时，你们就会看到了。"

果然，走了一阵子之后，街上飘浮起蓝靛的气味。在一处宽敞的农家晒场，挂着整排清透的浓绀色纱线。终于找到了。这就是我一直梦想着能来拜访的蓝染坊。染坊主人看上去年过五十，是一位诚实爽朗的染匠。他体内显然已被蓝色浸透，浑身洋溢着对蓝染的执着。

如今，滋贺县内二十多家蓝染坊大部分已倒闭，仅剩下的几家也几乎都转向人造蓝。蓝染坊已岌岌可危，而这里却一直保留着用古老的地蓝（当地出产的蓼蓝草）和德岛的蓝靛来建蓝的传统。这种方式主要用于国宝修复的染色，而平时的农家蓝染基本上是地蓝和人造蓝各占一半。说着，他拿出两种蓝染线给我们看。颜色截然不同。

宽敞的土间里，摆放着三十多口蓝染缸，绀紫的泡泡聚成一个个圆浮在表面。竹竿一样细瘦的老人身着纯绀色的工作服，伸出一只脚踏在染瓮边沿，动作敏捷地拧绞着纱线，嘴里不时发出鸟鸣般的叫声。"从这儿到那儿，要染上无数次才会得到绀色。"老翁动作敏捷，像一个蓝色的小动物般穿梭于一口口染缸。正担心他会不会被竹竿绊了脚，却见他从容而准确地用竹竿将纱线轱辘辘卷起，又迅速抖动分束，手法极为娴熟。红彤彤的夕阳照在泛黄的拉门上，比花窗玻璃还要浓密的光彩浸染着四周。绀色渗透的竹筐，状如市女笠的染瓮盖，坚实的灰泥墙上开着的一扇火灯窗，由日本的风土养育的优秀传统在这里生生不息。

回去的路上，母亲紧紧抱着从染坊讨得的蓝草种子，说："踏破铁鞋无觅处，我们一直想要找的蓝染坊终于找到了。扎扎实实学习，什么时候用那样的绀色来织出好东西吧！"

某年某月某日

想欣赏雪中的湖水，便买了一张到坚田的车票，乘上了湖西线。

风虽冷冽，却透着一丝春日的气息。

车行过西大津，湖水呈闷钝的鼠色，柔和的春意仿佛正在融化。特意来看雪湖的我，遥望着对岸三上山周边的霞雾，

270

不免心生遗憾：还是错过了时节吗？真想拖住季节的脚步，再往回拽一些。我把目光投向山侧，远远望见比良的连山闪着银白的光。

近在眼前的北山，粉雪覆盖，俨然一幅黑白的铜版画。

我在坚田站下车，走到了浮御堂。从枯苇环抱着的浮御堂望过去，湖面在斜阳下微波粼粼，此处也不见冬日之景。

又乘坐下一班电车，决定到永原去看看。定置于湖中的鱼梁探出水面，排成箭羽形，那是在我心中驻扎多年、却始终难以成形的绯纹。过了今津，湖水的颜色开始变化。阳光透过云间裂隙呈放射状泻下来，湖面闷钝的鼠灰色褪去，转为浓密的蓝。

田野则银白一片，枯苇苍茫如烟，带着微妙的明光。

傍着芦苇丛的湖水，有如一坛染液醇厚的蓝染瓮。枯苇的黄茶色，烘托了湖水之蓝，而蓝又将枯苇的黄映照出金箔般的光。

这般景致，若没有雪，就不会存在。

换言之，三者的精魂，分别升华为蓝、金、白。在万物凋败中，芦苇傲立于雪原，像动物的毛发般柔软。电车每过一站，雪就加厚一层，我正深深潜入冬的中心。素白的农田一直延续到湖畔，田间有乌鸦，亦有鹡鸰飞过。浅滩边上，野兔也有可能是野鼠的小脚印斑斑点点，一直伸向雪地，缀成一串黑白混色的条纹。

过了牧野就到终点站了。湖水的颜色再次变化，聚敛出钢铁般沉郁的深度。湖面已是近乎于墨黑的浓绀色。山色也深邃，无数条黑白细线错落的群山，像一个扎了根的怪物，弥漫着难言的哀伤。

"怪物"的衣角处可见民居聚落，房屋冠雪而立。

电车绕山脚滑行，小雨夹着细雪，萧萧落在北端的湖面上。终点，是一个无人的车站。

诗篇

老化学家的话

"除了目标，须对一切谦虚。"

"哪怕细微的差异也去探求吧，别放过。

要像猎犬一样。"

"发现的机要——有人看过数百次，照样错失；

有人只看一次，就能抓住。"

"工作就是一连串的希望、失望和兴奋，

没有终点。"

"唯有完成才能赋予行动以价值。"

最后，他说：

"比起你的正确，我更喜欢你犯的错误。"

（1981 年）

天青的果实

待双花木和吊钟花

耀眼的红叶凋落

丘陵地和森林

就转入落叶深深，和果实累累的季节

白雪覆盖前的

短暂的晚秋的天空

臭树奋力地伸展枝叶

高高举起它的小壶

将天空的青色滴露，注进果实

我采集这些果实

将光滑如蜡的

玉石般通透的琉璃色

染上丝线

（1980 年）

保罗·克利

在这无情而难解的世间条理中

你用神灵悄悄藏起来的画笔

无比准确　又无限温暖地

为我们描绘

鸟儿和圣女　船和旗帜的港口

那是你在精灵的世界中遇到的吗

是在圣彼得岛秋日的风景中吗

是开满了白色风铃草的山间沼泽吗

如此叫人怀念　仿佛

我们的灵魂　曾在那里栖息

你像美化了世界的天使飞舞　又消逝而去

如今　你在我们的心底

像个有些顽皮的精灵　忐忑又欢悦地奏响你的乐章

而当乐曲渐入高潮

你忽然展现寂寞的舞姿

让我们猝不及防

发出"啊！"的惊叹

（1981 年）

雪之形

雪花以纷繁各异的形状

静悄悄舞落

从半空中　霏霏漠漠

淡墨色的固态

一片又一片

性质、形状和表情也瞬息万变

百看不厌

是因为雪凝时的情状不同吗

明明转瞬即逝

却在刹那间

踊出纷繁的舞姿

蓬松轻盈的雪落下时

也会一时兴起　飘舞上升

形态安定的雪　则温婉降落

有的如扯碎的棉花

轻轻摇晃　随即旋转

那些细长的雪　　则不管不顾地

迅疾落下

这其中

牡丹雪

悠悠环顾四周

雍容地飘摇舞落

东边起了一阵风

片片雪花齐刷刷倾斜

吸进了竹林中

方才悠然的群舞消散

转入急切地相互缠斗

密度一刻不停地叠加

终又惴惴不安地消隐于竹丛

于是　　有的归于

雪持竹[1]的模样

（1981 年）

———————

1　雪持竹：传统纹样的一种。形如竹叶上叠坠着雪花。

靠近裂

为什么，人不能
像看玻璃画、贝壳、玉石那样
去看织物呢

首先要发问——
是用什么材料
如何染成
又怎样挂上织机
怎样织出来的

就好像
它们包含了织物的一切

我首先从这些构成入手
拆解织物
拆解那鸟笼上，呼啦啦飘舞着的细长旗子

或是火柴盒大小的裂

想再靠近一点
把它置于掌心，让阳光穿透
又像对待宝石，收于螺钿盒子

如此一来　　一定
会从这些裂中
飞舞出色彩的粉尘
在丝线之间共振，而后消逝
或许能听到那细微的喧响

或许
裂渴望换种面貌
或许
色彩渴望展露于光照

从绀到瓮伺，当蓝的大家族
心意相通

便成为拍岸的涟漪之光

从红到淡红，当每一片红花
悄悄挨着脸
便会在北国的清晨盛放

并且
裂中，也许藏着机关
藏着小狗的十字架
藏着五重塔，公主
藏着利休鼠的夕颜花
甚至竹林中的雪

（1977 年）

后
记

常听人说："做东西的人，所有精力都在制作上，无暇贫嘴。"确实如此，物什比我这些刍荛之言要诚实公正得多。人的眼睛，能将物什的表里看得分明，无一隐藏。上手一用则更了然。在作品上倾注一切，其实是至难的技道。想要充分而熟练地运用材质，需要漫长岁月的历练，其中还时常会遭到材质难以预见的抵抗。所谓直觉，不是天赋，而是在一次次失败中依然不放弃对技艺的磨练，通过持续的培育和积累而获得的能力。诚然，在工艺领域，甚至可说材质占九成，人心占一成。当这一成能充分发挥出九成的优势时，便可称得上名品。已故的黑田辰秋先生亲手制作的一把裁纸刀，常被我置于书案。读书累了，就会不自觉地拿在手里把玩。刀柄上漂亮的木纹清晰可辨，带着深邃的光泽，美不可言。一块木料的边角，经人的手艺，以完美的形态诞生。人则终其一生甚至两生，在充满爱意的眼里，转世变成一件熟悉的物品。这一刻已无须赘言，物什道尽了一切。

然而粗疏如我辈，连物的一成都未完全发挥出来。偶尔它主动展露一角，向我靠近几步，或者对我泄露那无形法则的一鳞半爪时，我会迫不及待想要抓住它，牢牢记下。

我不是记录，也并非保存数据，更像是建立通往物什的吊桥，抑或说，留住它向我敞露过的证明。这让我内心涌起一种亲切的爱怜之感，仿佛在与物什对话，想与它手拉着手。

富本宪吉先生曾写过一本《制陶余录》。我虽然没有资格与先生相提并论，但或许可以将自己的这些感想称之为"制织余滴"。虽一己之思，不值得展示于人，但很久之前，求龙堂就提议，希望我能将二十多年间积攒下来的文字总汇在一起。就这样过去了四五年，终在工作的间隙，一点一点将它们集结，裒成一册。

感谢所有帮助过我的人。

志村福美

1982 年 7 月

年
谱

1

---

1 本年谱中截至 2005 年部分，由求龙堂编辑部制作，2005 年以降由拙考文化参考 2020 年 5 月河出书房新社刊行的文艺别册《志村福美：用一生追随一色》增补而成。

○ 1924 年（大正十三年）

出生于滋贺县近江八幡，为医师小野元澄与小野丰夫妇的次女。有一姊一妹及两位兄长。

○ 1926 年（大正十五年）两岁

被志村哲（生父小野元澄之弟）收为养女，移居东京吉祥寺。

○ 1930 年（昭和五年）六岁

入学城蹊小学。

○ 1932 年（昭和七年）八岁

因养父（任职于日本邮船会社）工作调动，随养父母移居上海。转学至上海日本北部
小学校。

一·二八事变发生，淞沪会战开始。

○ 1936 年（昭和十一年）十二岁

由于上海战火蔓延而临时回国。转入福冈县立女子学校。

○ 1937 年（昭和十二年）十三岁

返回上海。夏天，因养父调任，随养母移居青岛。转入青岛女子学校。

○ 1939 年（昭和十四年）十五岁

因养父调任，移居长崎，转入活水女子学校。

○ 1940 年（昭和十五年）十六岁

养父调任汉口，为求学而移居东京，转入文化学院女子部。与长姐、长兄共同生活。

○ 1941 年（昭和十六年）十七岁

新年时，在近江八幡的小野家中，第一次得知自己的身世，与生身父母和亲姐妹、两
位亲兄共度新年，人生发生巨变。在母亲和哥哥元卫的引领下走进艺术世界。在二
哥小野凌的病榻旁，第一次跟母亲学习手织。这是与母亲以及织机宿命般相遇的一年，
成为日后步入织作之路的开端。12 月，二哥小野凌永眠。同月，太平洋战争爆发。

○ 1942 年（昭和十七年）十八岁

在母亲（加入初期民艺运动倡导者柳宗悦的上贺茂民艺协团，接受青田五良的指导）
的影响下，经常到位于东京驹场的日本民艺馆参观，为冲绳的织物所倾倒。4 月，从文
化学院毕业。再度移居养父的任职地上海。

○ 1944 年（昭和十九年）二十岁

养父调到神户任职。夏天，在神户遭逢战火。因哥哥元卫染病，经常到近江八幡去照护。

○ 1946 年（昭和二十一年）二十二岁

1 月，与养父母一起移居东京。3 月，为看护病重的哥哥搬到近江八幡居住。

○ 1947 年（昭和二十二年）二十三岁

8月，哥哥小野元卫永眠。

○ 1948 年（昭和二十三年）二十四岁

返回东京。

○ 1949 年（昭和二十四年）二十五岁

1月，与松田周一郎结婚。长女志村洋子出生。

○ 1953 年（昭和二十八年）二十九岁

次女志村润子出生。

○ 1954 年（昭和二十九年）三十岁

为制作长兄元卫的遗作画集而滞留近江八幡。撰文《我的兄长》。拜见与父母相交至深的柳宗悦，在画集的编纂上得到指点，并被柳先生劝荐织作之路。阅读柳宗悦的《工艺之道》而深受感动，决心以织作为志业。

○ 1955 年（昭和三十年）三十一岁

与松田周一郎离婚。将六岁和两岁的孩子托付给养父母照看，移居到近江八幡的生父母家。在母亲的指导下，进行植物染和䌷织的创作，并被母亲的热情感染，在其激励下，正式投入织作事业。

○ 1956 年（昭和三十一年）三十二岁

与木漆工艺家黑田辰秋先生相识，拜为师尊。得授"运、根、钝"之工艺的根本态度。

○ 1957 年（昭和三十二年）三十三岁

在黑田辰秋先生的推荐下，在第四届日本传统工艺展上展出作品《方形纹缀带》并入选。得教于富本宪吉、稻垣稔次郎，开始在两位先生创办的新匠会发表作品。

○ 1958 年（昭和三十三年）三十四岁

在第五届日本传统工艺展上展出䌷织和服《秋霞谱》，获奖励奖。

○ 1959 年（昭和三十四年）三十五岁

在第六届日本传统工艺展上展出䌷织和服《铃虫》，获文化财产保护委员会会长奖。
从东京接来两个孩子一起生活。

○ 1960 年（昭和三十五年）三十六岁

在第七届日本传统工艺展上展出䌷织和服《七夕》，获朝日新闻社奖。

○ 1961 年（昭和三十六年）三十七岁

在第八届日本传统工艺展上展出䌷织和服《雾》，获文化财产保护委员会会长奖。

○ 1962 年（昭和三十七年）三十八岁

在第九届日本传统工艺展上展出䌷织和服《待月》，并从这一年起至今，作为该展的"特别优待者"发表作品。

○ 1963 年（昭和三十八年）三十九岁

富本宪吉、稻垣稔次郎相继去世。退出新匠会。师从今泉笃男。在工艺的近代精神领域得到教导。从这一时期开始，脱离民艺作家的风格，对新的工艺精神有了认识。

○ 1964 年（昭和三十九年）四十岁

在细川护立的推荐下于银座·资生堂艺廊举办第一次作品展。

○ 1967 年（昭和四十二年）四十三岁

在资生堂艺廊举办第二次作品展。

○ 1968 年（昭和四十三年）四十四岁

搬至京都嵯峨野。从东京接来养父母一起生活。

就职于日本传统工艺展审查委员会，并从这一年起连任了十年。

年初开始尝试建蓝。从纹染家片野元彦处接受建蓝指导。到印度尼西亚旅行。

○ 1970 年（昭和四十五年）四十六岁

在资生堂艺廊举办第三次作品展。养父志村哲过世。在第二十届日本传统工艺展上展出的䌷织和服《磐余》，获二十周年纪念特别奖。

○ 1976 年（昭和五十一年）五十二岁

在资生堂艺廊举办第四次作品展。

○ 1978 年（昭和五十三年）五十四岁

在京都朝日艺廊举办个展。就任日本工艺会理事。去墨西哥旅行。

○ 1979 年（昭和五十四年）五十五岁

第五次作品展于东京 MUNE 艺廊举办。

○ 1981 年（昭和五十六年）五十七岁

在东京日本桥的壶中居举办第六次作品展。《志村福美作品集》由紫红社刊行。

○ 1982 年（昭和五十七年）五十八岁

3 月，在群马县县立近代美术馆举办"志村福美展"。因诗人大冈信的文章《语言与力量》[1] 被选入初二的国语教科书，遂与群马县藤原中学初二的学生交流樱染，访问该校并共同完成樱染。求龙堂出版著作《一色一生》。6 月，到欧洲旅行。

1　《语言与力量》一文系大冈信与志村女士交流樱染后受启发而写。——中文版校注

○ 1983 年（昭和五十八年） 五十九岁

3 月，获第一届京都府文化功劳奖。10 月，《一色一生》获第十届大佛次郎奖。

○ 1984 年（昭和五十九年） 六十岁

3 月，获服装研究振兴会颁发的服装文化奖。10 月，在资生堂艺廊举办第八次作品展。紫红社出版著作《裂之筥》。此外，《一茎有情》（宇佐见英治、志村福美对话集）由用美社刊行。开始学习歌德的色彩论。

○ 1985 年（昭和六十年）六十一岁

4 月，在大分县立艺术会馆举办“志村福美展”。5 月，“现代染织的美”（森口华弘、宗广力三、志村福美三人展）在东京国立近代美术馆召开。8 月，与奥地利哲学家鲁道夫·斯坦纳（Rudolf Steiner）的人智学相遇，受教于日本人智学协会代表高桥严先生。

○ 1986 年（昭和六十一年） 六十二岁

进行日本植物染料色彩研究的同时，开始研究歌德的《色彩论》、斯坦纳的《色彩的本质》。由岩波书店出版著作《色彩、丝线与织物》[1]。获颁紫绶褒章。到法国旅行。

○ 1988 年（昭和六十三年）六十四岁

养母志村英过世。在京都市广河原建造山庄作为工坊。

○ 1989 年（平成元年）六十五岁

获 MOA 冈田茂吉大奖。成立日本人智学协会关西支部“昴”并出任代表。

○ 1990 年（平成二年）六十六岁

出席第一届人智学国际会议。与长女志村洋子共同创办基于人智学理论的染织研究所“都机工房”。被认定为重要无形文化遗产保持者（“人间国宝”）。

○ 1991 年（平成三年）六十七岁

6 月，去泰国旅行。

○ 1992 年（平成四年）六十八岁

在壶中居举办第十次作品展。受韩国舞蹈家金梅子女士的邀请，到韩国旅行。与金女士交往密切。人文书院出版著作《欲语花》。

○ 1993 年（平成五年） 六十九岁

1 月，金梅子女士率领的创舞会在京都举行公演，由人智学协会承办。因《欲语花》一书获随笔家俱乐部奖。9 月，获滋贺县文化奖。10 月，入选文化功劳者。11 月，去印

1　后更名为《奏响色彩》，由筑摩书房再版刊行。中文版即将出版。——中文版校注

度旅行。美术出版社出版《母女的织作乐趣》（与志村洋子合著）。

○ 1994年（平成六年）七十岁

10月，在滋贺县立近代美术馆举办开馆十周年纪念展"志村福美展：人间国宝·绅织之美"。求龙堂出版《织与文：志村福美》。

○ 1996年（平成八年）七十二岁

在银座和光举办"志村福美·洋子二人展"。

○ 1997年（平成九年）七十三岁

人文书院出版《心叶》（白田良、志村福美对谈集）。

○ 1999年（平成十一年）七十五岁

"志村福美·洋子二人展"于韩国首尔草田博物馆举办。求龙堂出版著作《母亲的颜色》。

○ 2000年（平成十二年）七十六岁

在壶中居艺廊举办"裂帐展"。在和光举办"志村福美展"。

○ 2001年（平成十三年）七十七岁

世界文化社出版著作《玉响之路》（与志村洋子合著）。于京都细见美术馆举办"志村福美·洋子织物展"。

○ 2003年（平成十五年）七十九岁

筑摩书房出版著作《机杼声声》。

○ 2004年（平成十六年）八十岁

求龙堂出版著作《＜织与文＞续篇：篝火》。4月，于滋贺县立近代美术馆举办"志村福美的绅织展：从初期至今"。

○ 2005年（平成十七年）八十一岁

1月，求龙堂出版《一色一生》新装改订版。

○ 2006年（平成十八年）八十二岁

4月，藤原书店出版著作《包裹生命：色彩·织作·和服的思想》，获第十四届井上靖文化奖。

○ 2007年（平成十九年）八十三岁

1月，筑摩书房出版作品集《小裂帖》。

○ 2009年（平成二十一年）八十五岁

2月，人文书院出版其关于陀思妥耶夫斯基等内容的著作《纺于白夜》。10月，求龙堂出版《志村福美·志村洋子的染织》。

○ 2010年（平成二十二年）八十六岁

1月，求龙堂出版《志村福美语录：一生不能只有白色》。12月，淡交社出版著作《雪月花的每日：京都生活的春夏秋冬》（与志村洋子合著）。

○ 2011年（平成二十三年）八十七岁

1月，求龙堂出版著作《美纱姬物语》。

○ 2012年（平成二十四年）八十八岁

2月，筑摩书房出版著作《我的小裂帖》[1]。8月，人文书院出版著作《晚祷 阅读里尔克》。11月，人文书院出版著作《玫瑰的消息：阅读里尔克书简》。

○ 2013年（平成二十五年）八十九岁

3月，求龙堂出版著作《传书》。4月，在京都冈崎开办艺术学校"Ars Shimura"。

○ 2014年（平成二十六年）九十岁

6月，获有"日本诺贝尔"之称的京都奖（思想·艺术部）。10月，筑摩书房出版著作《遗言：对谈与往复书简》（与石牟礼道子合著）。

○ 2015年（平成二十七年）九十一岁

4月，求龙堂出版著作《䌷织》。同月，在京都嵯峨开办"Ars Shimura"分校。11月，获文化勋章。同月在东京TOBICHI与皆川明的minä perhonen举办联展。

○ 2016年（平成二十八年）九十二岁

2月，在京都国立近代美术馆举办"志村福美展：母衣的回归"，并在冲绳县立博物馆·美术馆、东京世田谷美术馆巡回。10月，求龙堂出版著作《绯之舟：往复书简》（与若松英辅合著）。

○ 2018年（平成三十年）九十四岁

担任由石牟礼道子新作能剧《冲宫》的服装设计（该剧在熊本、京都、东京公演）。

○ 2019年（令和元年）九十五岁

4月，于茨城县近代美术馆举办"志村福美展"，并在郡山市立美术馆、姬路市立美术馆巡回。

1　《我的小裂帖》系志村福美帛片作品集《小裂帖》的文字补充版。中文版即将出版。——中文版校注

志村福美作品选

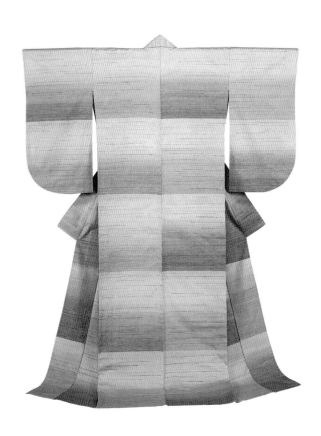

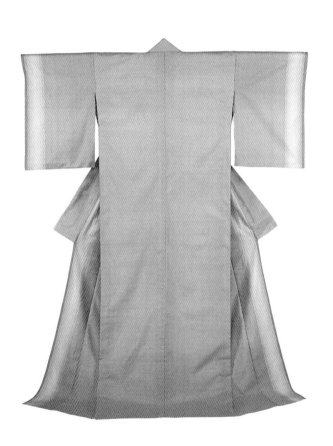

櫻花袭

创作于 1976 年

滋贺县立近代美术馆藏

苏芳段晕染

创作于 1978 年
东京国立近代美术馆藏

松风

创作于 2003 年

个人藏品

作者近影

图书在版编目(CIP)数据

一色一生/(日)志村福美著;米悄译. —上海:
上海人民出版社,2020
ISBN 978 - 7 - 208 - 16619 - 6

Ⅰ.①一… Ⅱ.①志… ②米… Ⅲ.①随笔-作品集
-日本-现代 Ⅳ.①I313.65

中国版本图书馆 CIP 数据核字(2020)第 136952 号

策 划 人	张逸雯丨拙考文化
责任编辑	余梦娇
装帧设计	邵 年丨XYZ Lab

一色一生

[日]志村福美 著

米 悄 译 张逸雯 审校

出　　版	上海人民出版社
	(200001　上海福建中路 193 号)
发　　行	上海人民出版社发行中心
印　　刷	上海盛通时代印刷有限公司
开　　本	850×1168　1/32
印　　张	9.5
插　　页	13
字　　数	110,000
版　　次	2021 年 1 月第 1 版
印　　次	2021 年 8 月第 4 次印刷
ISBN 978 - 7 - 208 - 16619 - 6/TS·32
定　　价	69.00 元